„Der Himmel ist ein zweites Bali."

Balinesisches Sprichwort

***Jochen Müssig**, Buchautor und Reisejournalist, u.a. für FAZ, SZ, Welt, NZZ, kennt Bali seit den 1980er-Jahren. Für ihn ist Bali einzigartig, weil die Balinesen ungestört ihr eigenes Leben leben, als gäbe es keine Touristen.*

***Martin Sasse,** in Südkorea geboren, lebt in Berlin und ist seit 1995 als professioneller Fotojournalist tätig. Für Stern, Spiegel, GEO und verschiedentlich auch für den DuMont Bildatlas arbeitete er in über 60 Ländern.*

Liebe Leserinnen, liebe Leser!

Es ist noch früh am Morgen. Gerade erst schieben sich die ersten Sonnenstrahlen über den Vulkan. Der angenehm süßliche Duft von Frangipani liegt in der Luft und weckt exotische Erwartungen. Vor uns breiten sich kunstvoll angelegte Reisterrassen aus. Es ist friedlich, es ist still. Ja, hier im Osten bei Tirtagangga ist das balinesische Sprichwort „Der Himmel ist ein zweites Bali" absolut nachvollziehbar.

Zwei Inseln, zwei Welten

Es gibt auch das andere Bali mit seinen touristischen Hotspots im Inselsüden, die nicht nur von Australiern und Chinesen überflutet werden. Aber man kann ausweichen – zu großartigen Vulkanlandschaften, noch weniger besuchten Stränden (die schönsten stellen wir auf S. 22/23 vor) oder aber in das üppig grüne Hinterland, wo weiß und rosa blühender Lotus glitzernde Teiche und Tümpel schmückt. Hier suchten schon in den 1920er- und 1930er-Jahren Künstler aus Europa und Amerika das Paradies. Zu ihnen gehörte der deutsche Maler und Musiker Walter Spies, an den wir im DuMont Thema auf S. 56 ff. erinnern.
Oder aber man wählt gleich Lombok als Reiseziel. Hier gibt es noch weiße, teilweise nahezu unberührte Sandstrände und nur eine Handvoll Luxushotels. Die ca. 35 km östlich von Bali gelegene Insel ist zwar annähernd so groß wie Bali, doch weit weniger besucht. Obgleich eine gute touristische Infrastruktur mittlerweile vorhanden ist, geht es hier ruhiger zu, Entschleunigung ist angesagt.

Trauminseln für Nostalgiker

Pferdekutschen statt Autos, Kokospalmenhaine und schneeweiße Strände, wer es noch abgeschiedener mag, reist von Lombok weiter auf die Gili-Inseln – für mich sind es wahre Traumeilande, an Schönheit kaum zu übertreffen. Nach einem vor Jahren erfolgten kurzen Abstecher nach Gili Trawangan träume ich noch immer davon, einmal mit mehr Zeit zurückzukommen, ein einfaches Häuschen am Strand zu mieten und einige Wochen ein Robinson-Dasein zu genießen (s. S. 102 ff) – stets mit dem Duft von Frangipani in der Nase.
Herzlich

Ihre

Birgit Borowski

Birgit Borowski
Programmleiterin DuMont Bildatlas

48 Affen und Tempel gehören auf Bali zusammen – beide sind den Balinesen heilig.

Impressionen

Im Süden

Im Zentrum

67 Im Matahari Beach Resort & Spa in Pemuteran fühlt man sich wie im Garten Eden.

75 Galungan & Kuningan: Mit dem Jahrestag der Schöpfung beginnt ein zehntägiges Fest.

Im Norden und Westen

UNSERE FAVORITEN

BEST OF ...

70 „Himmelstreppen der Götter" werden Balis Reisterrassen von den Balinesen genannt.

Anhang

Im Osten

Lombok

DuMont Aktiv

Genießen Erleben Erfahren

P. Masalembo-kecil
P. Masalembo-besar
+7h Greenw.Time
+8h Greenw.Time
Javasee
INDONESIEN
P. Madura
Batuputih
Batangbatang
Jurangan
Kalianget
P. Gili Yang
P. Payangan
P. Bulumanuk
P. Puteran
Sombang
Rosong
P. Genteng
Gayam
P. Sapudi
Brakas
P. Raas
P. Goagoa
P. Kangean
Pabean
Kalisangka
390
Klangayan
P. Paliat
Brumbung
P. Saubi
P. Sapunkur
P. Sabunten
P. Sasel
P. Sapanjang
Sumurbungkar
Kep. Kangean
P. Sakala
Surabaya
Makassar
Laut Bali
(Balisee)
Kleine Sundainseln
Tg. Pacinan
Situbondo
Java
Asembagus
Sumberanyar
Prajekan
Klabang
Wonosari
Bondowoso
Jatikencil
Kayumas
Baluran Nat. P.
1247
Pandean
Bajulmati
Sempol
Wonosari
G. Raung
3390
2799
Ketapang
Sempol
BANYUWANGI
Jambewangi
Rogojampi
Genteng
Benculuk
Srono
Muncar
Purwoharjo
Pasanggaran
Grajagan
Tel. Grajagan
Tg. Purwo
Alas Purwo Nat. Park
Norden/Westen 64 – 79
SINGARAJA
Banyuwedang
Sumberkerta
Gilimanuk
Cekik
Gerokgak
Lowina
Pengastulan
Melaya
1344
Bali Barat Nat. Park
Negara
Mendaya
Pulukan
Selemadeg
Zentrum 44 – 63
Pupuan
Kubutambahan
Sangsit
Tejakula
Sawan
Dausi
Tianyar
Kintamani
D. Batur
Kubu
Kubupenelokan
G. Agung
Amed
Osten 80 – 95
Candi Kuning
Besakih
Culik
Tirtagangga
Karangasem
Asak
Manggis
Kusamba
Klungkung
Bangli
Petang
Sangeh
Ubud
Bedulu
Tabanan
Mas
Gianyar
Mengwi
DENPASAR
Sanur
Kuta
DPS
Uluwatu
Nusa Dua
Süden 24 – 43
Bali
P. Serangan
Sampalan
Toypapkeh
529
Semaya
Nusa Penida
Sel. Bali
Sel. Lombok
Lombok 96 – 113
Amburambur
Bayan
Batu Kok
Beburung
Sembalun
P. Lawang
P. Sulat
Pasanbagik
Labuhanpandan
P. Panjang
P. Meno
Gondang
Tanjung
G. Rinjani Nat. P.
Pamenang
Senggigi
D. Segara Anak
G. Rinjani
3726
2330
Sapit
Temple
MATARAM
1490
Suranadi
Temple (Batu Bolong)
Lombok
Pringgabaya
Cakranegara
Tetebatu
Ampenan
Museum
Narmada
Wanesabe
Masbagik
Pagutan
Summer Palace
Kopang
Selong
P. Gili
Lembar
Gerung
Praya
Sakra
Labuhanhaji
Keruak
419
716
Koteng
Ganti
Blongas
Sengkol
Silungblanak
Kuta
Ekas
Awang
Tg. Pangga
Lombok
Sel. Alas
Tg. Tano
Sejorong
Alas
Seteluk
718
1923
Bankamonte
Taliwang
Balat
Jereweh
Malok
1167
Tg. Moneh
Sumbawa
Maßstab 1:1.800.000
0
30km
INDISCHER OZEAN

Topziele

Die bedeutendsten Sehenswürdigkeiten auf Bali und Lombok sowie Erlebnisse, die Sie keinesfalls versäumen sollten, haben wir auf dieser Seite für Sie zusammengestellt. Auf den Infoseiten ist das jeweilige Highlight als **TOPZIEL** *gekennzeichnet.*

NATUR

1 **Kuta, Legian & Seminyak:** Sonne, Sand und Spaß sowie bestes Strandfeeling bietet Balis touristisches Herz. **Seite 42**

2 **Jatiluwih & Tegallalang:** Die Reisterrassen der Insel gehören zum UNESCO-Welterbe. Rings um die Dörfer Jatiluwih und Tegallalang sind sie am eindrucksvollsten. **Seite 62 und 79**

3 **Gunung Agung:** Balis höchste Erhebung ist zugleich das spirituelle Zentrum der Insel. **Seite 94**

4 **Danau Batur:** So schön kann ein See sein, umgeben von Bergen und manchmal wolkenverhangen. **Seite 94**

5 **Pulau Menjangan:** Einer der besten Tauchspots Balis bietet noch in 40 m Tiefe einen ungetrübten Blick auf eine faszinierende marine Welt. **Seite 78**

6 **Gili-Inseln:** Drei kleine Inseln vor Lombok, fast komplett mit hellsandigen Stränden umgeben. **Seite 112**

ERLEBEN

7 **Tempelfest in Tanah Lot:** Alle Tempelfeste in Bali sind wunderbar, doch die Szenerie in Tanah Lot ist etwas ganz Besonderes. **Seite 43**

8 **Schuppige Urzeitviecher auf Komodo:** Hauptattraktion des zum UNESCO-Welterbe zählenden Nationalparks Komodo sind die mächtigen Komodowarane. **Seite 113**

KULTUR

9 **Pura Luhur Uluwatu:** Hoch über dem Meer thront dieser Tempel in spektakulärer Lage auf einer Felsklippe. **Seite 42**

10 **Pura Taman Ayun:** Ein „schwimmender" Tempelkomplex, zauberhaft umgeben von mit Lotos und Lilien bewachsenen Wassergräben. **Seite 62**

11 **Ubud:** Vom schönen Schein des Seins: Balis kulturelles Herz zieht seit jeher auch viele Künstler an. **Seite 61**

12 **Pura Besakih:** Die als „Mutter aller Tempel" verehrte Anlage ist das Zentrum des religiösen Lebens auf Bali. **Seite 94**

Wellenreiten auf Lombok

Traumhafte Strände, faszinierende Landschaften, mächtige Vulkane und bunte Unterwasserwelten – Balis östlich gelegene Nachbarinsel hat dem Reisenden eine Menge zu bieten. Dazu gehören auch perfekte Voraussetzungen für Surfer wie hier am Selong Belanak Beach.

Reich verziert

Bali, und besonders die Gegend rund um Sukawati, ist bekannt für sein schönes Kunsthandwerk. Typisch dafür sind u.a. bunt bemalte Holzschnitzereien, geflochtende Bambuskörbe und Tempelschirme.

Das Erbe der Welt

Balis Reisterrassenlandschaften werden gespeist von einem überaus komplexen Bewässerungssystem, das man im Balinesischen „Subak“ (wörtlich: „verbundenes Wasser“) nennt. Mit den dazugehörigen Wassertempeln und den ebenfalls „Subak“ genannten Kooperativen der sie bewirtschaftenden Reisbauern bilden sie wie hier um das kleine Örtchen Jatiluwih eine Kulturlandschaft, die von der UNESCO zum Erbe der Welt ernannt wurde.

Schöner Wohnen

Luxus hat auf Bali nicht nur einen, sondern viele Namen. Das nötige Kleingeld vorausgesetzt, haben Gäste auf diesem Eiland die Qual der Wahl unter den schönsten Resorts der Welt – gern mit Privatpool wie hier im Amankila bei Manggis im Osten der Insel.

Anmut und Grazie

Die traditionellen balinesischen Tänze gehören zum immateriellen Kulturerbe der UNESCO. Ungemein graziös anzusehen ist etwa der hier in Ubud im Zentrum der Insel zu bewundernde Legong – eine Art klassisches balinesisches Ballett, das von zwei oder drei Mädchen in Brokatgewändern aufgeführt wird, die Himmelsnymphen verkörpern und auf pantomimische Weise die Geschichte der unerwiderten Liebe eines Königs zu einer Prinzessin erzählen.

Von der Wiege bis zur Bahre

Im balinesischen Hinduismus markiert der Tod nicht das Ende, sondern einen Neubeginn. Dementsprechend fröhlich geht es auch bei den Kremationsfeierlichkeiten zu, die aber nicht immer so pompös ausfallen wie hier bei der Bestattung von Ida I Gusti Ngurah Djelantik XXIV., einem Mitglied des Herrscherhauses von Blahbatuh: 24 Meter hoch und 15 Tonnen schwer war der Verbrennungsturm *(bade)*, in dem der Leichnam zum Verbrennungsplatz gebracht und dort in einen Kremationsschrein umgebettet wurde. Die Höhe des Turms wie die Gestaltung des Schreins verweisen auf den sozialen Rang des Verstorbenen; eine weiße Kuh steht für die Priesterkaste.

Faszination Natur

Exkursion auf Padar – neben Komodo und Rinca eine der drei größeren Inseln, die der auch zum Welterbe der UNESCO gehörende Nationalpark Komodo umfasst.

Balis schönste Strände

Life's a beach

Mag sein, dass es in Südostasien andere Inseln gibt, die bessere Strände anzubieten haben als Bali und Lombok. Doch Puderzuckersand ist eben nicht alles. Hier punkten auch das ganze Drumherum und vor allem die Atmosphäre.

1 Kuta, Legian & Seminyak

Ein Dreiklang wie ein Donnerhall! Diese drei Strände gehen fast unmerklich ineinander über: Die Sandfarbe ist durchgängig gelblich-ockerfarben, die Wellen sind stetig hoch, sodass man fast überall surfen und kaum schwimmen, sondern mehr mit den Wellen spielen kann. Aber hinter dem Strand ändern sich nicht nur die Dorfnamen, sondern auch das Angebot. Kuta hat nicht nur den breitesten Abschnitt, sondern auch das umfangreichste Angebot an einfachen Unterkünften, Restaurants, Shops und Surfschulen. Legian ist ähnlich aufgestellt, das Angebot allerdings etwas höherwertiger und der Strand etwas schmäler. Nur Seminyak hebt sich mit seinen noblen Resorts, Restaurants und Beachclubs deutlich von seinen Nachbarn ab.

Besonders Kuta ist eine Domäne der Australier. Weiter nördlich wird es internationaler. Schatten: Fehlanzeige. Klasse Sonnenuntergangsatmosphäre.

2 Sanur

Dies ist der Strand der guten Mittelklasse- und Vier-Sterne-Hotels, die sich fast alle direkt am Ufer angesiedelt haben und der Favorit vieler deutscher Urlauber sind. Bezahlbarer Luxus und ein perfekter Strand für Familien: flach abfallend, kaum Wellengang und somit ideal für Kinder. Der Sand ist hell-ockerfarben und fein. Schatten findet man auf den Strandliegen unter den Sonnenschirmen der Hotelanlagen.

Balis längste Strandpromenade mit gutem Shopping- und breitem Wassersportangebot. Und: Sanur ist ein Sonnenaufgangsstrand.

3 Jimbaran

Am Flaschenhals der Halbinsel Bukit Badung liegt der sichelförmig geschwungene, gelblich-ockerfarbenfeinsandige Strand von Jimbaran. Schwimmen ist ganzjährig möglich, Strandspaziergänge, Jogging und Wassersport stehen ebenfalls täglich auf dem Programm – im Kanu, Kajak oder Katamaran, auf Boogy- oder Windsurfbrettern. Hinterm Strand liegt eines der ältesten Fischerdörfer Balis mit ein paar Geschäften.

Bis heute sammeln alte Frauen am späten Nachmittag lebende Muscheln, die von der Flut angespült werden. An einigen Abschnitten liegen bunte Auslegerboote, die jede Nacht auslaufen.

Tolle, wenngleich teure Fischrestaurants, vor denen abends Tische und Stühle in den Sand gestellt werden, denn auch hier erlebt man atemberaubend schöne Sonnenuntergänge.

4 Nusa Dua

Ende der 1970er-Jahre quasi aus dem Nichts entstanden, ist das heutige Touristenzentrum eine abgegrenzte Luxusenklave mit vielen Geschäften auf der Halbinsel Bukit Badung. Es gibt klasse Strände, hell-ockerfarben und fein, sowie edelste Herbergen für den Luxusreisenden aus aller Welt. Wer etwa in einem Resort wie dem Mulia wohnt, der hat wirklich alles unter einem Dach. Sonnenliege und -schirm werden am Strand oder Pool mit Handtüchern fein säuberlich hergerichtet, regelmäßig taucht ein Beachboy auf und bringt eiskaltes Wasser sowie Eistücher.

Wer früh genug aufsteht, erlebt einen tollen Sonnenaufgang.

5 Pemuteran

Schwarz und grobkörnig ist der Vulkansand, das Meer spiegelglatt und ideal zum Schnorcheln. Bis auf das Vogelgezwitscher und das Meeresrauschen herrscht hier an der abgeschiedenen Nordwestküste meist erholsamste Stille. Pemuteran ist also ein Platz für Urlauber, die fernab des Massentourismus Ruhe und Beschaulichkeit lieben. Statt fliegender Händler ziehen gegen Abend ein paar Bauern auf dem Heimweg vom Feld an den Liegestühlen und Sonnenschirmen des Hotels vorbei. Hier gibt es noch ursprüngliches Bali-Feeling: am Strand, im Dorf, im Tempel.

Interessante Ausflüge in die Unterwasserwelt möglich. Viele deutsche Gäste.

6 Pasir Putih

Nur ein paar Kilometer außerhalb von Candi Dasa an der Ostküste Balis liegt dieser etwas versteckte gräuliche Sandstrand, der abschnittsweise auch hellsandige Stellen hat und lange Jahre den Insidernamen Virgin Beach trug. Heutzutage gibt es hier kleine Warungs – offene Lokale oder Imbissstände direkt im Sand, Liegestühle und Sonnenschirme sowie Wassersportangebote, aber auch farbenfrohe Auslegerboote liegen noch am Strand. Die Atmosphäre ist angenehm relaxed.

Mit einer kalten Trinkkokosnuss und einem guten Buch wird der Aufenthalt zum Vergnügen.

7 Kuta Beach, Lombok

Zu den schönsten Stränden Indonesiens gehören Kutas Dorfstrand und der nahe gelegene Tanjung Aan in östlicher Richtung. Viele Besucher sagen: „Das ist wie Bali vor 20 Jahren!" Heller, bei Tanjung Aan sogar weißer, feiner Sand, Meeresfraben von türkis bis dunkelblau und teilweise sogar von Palmen gesäumt; dazu gesellt sich touristische Infrastruktur von Beachbar bis Wassersportcenter und Liegestuhl bis Sonnenschirm.

Lockere, internationale Travelleratmosphäre. Auch Shops gibt's reichlich in Kuta auf Lombok.

8 Gili Meno, Gili-Inseln

Pferdekutschen statt Autos, Bungalows statt Hotelbunker und weniger Trubel als auf den beiden viel größeren Nachbarinseln Trawangan und Air: Gili Meno ist keine zwei Kilometer lang und nicht einmal einen Kilometer breit, hat nur 350 Einwohner und weiße, feine Sandstrände, durchsetzt mit Korallenstückchen. Besonders schön ist die Ostküste, wo der Beach flach ins hellblaue Meer abfällt. Gute Bademöglichkeiten gibt es allerdings nur bei Flut, ansonsten ist Plantschen angesagt.

Gute Schnorchelmöglichkeiten, offene Beachbars zum Loungen und Restaurants direkt am Strand.

Auf Wolke Bali

Schönheit und Magie, Urlaubsspaß und Partystimmung: So stellt man sich Bali vor. Das Geheimnis der Insel aber ist der ganz normale Alltag. Man muss nur die Augen aufmachen. Denn der Reisende hat das Glück, ein wenig davon miterleben zu dürfen. Sogar in den südlichen Touristenhochburgen wie Kuta, Sanur oder Nusa Dua.

Traditionelle Riten bestimmen das Leben: So soll die Zahnfeilungszeremonie (hier bei den damit verbundenen Feierlichkeiten in Ungasan) noch vor der Hochzeit vorgenommen werden.

In Kuta pocht das touristische Herz der Insel: Zahllose Shops, Bars und Diskotheken säumen die stets viel frequentierte Jl. Legian Street.

„Was je an Traum und Mythen in dir war, erblickst du vom Hotel in Denpasar."

Gottfried Benn

Bali? Da möchte ich auch mal hin!" Die Insel ist für viele ein Traum mit einem Namen wie eine Wolke: Er klingt so weich, so verführerisch und mystisch! Sagt man „Bali", kommen alle ins Schwärmen! Zwei Silben, die stets ein langes Aaaaah erzeugen. Sogar der Zahnarzt scheint beim vorsorglichen Besuch weniger rabiat nach Löchern zu suchen als sonst. „Sie können bedenkenlos fliegen", meint er und fügt leise an: „Bali, ja, das hat schon was ..."

Chaos zum Beginn

Am Flughafen in Denpasar ist Schluss mit der Schwärmerei. Dort hat Darwin das Sagen. Horden von Taxifahrern bedrängen den Gast: „Cheap! Cheap!" – „Billig! Billig" – schreien sie unisono und grapschen einen ganz unbalinesisch an. Hat man sich für einen Fahrer entschieden, geht es ins übelste Verkehrschaos hinein, als sei man in einem typischen Großstadtmoloch wie Bangkok, Manila oder Jakarta gelandet.

Ist das Bali?

Wo ist die Wolke geblieben, die weiche, verführerische, mystische?

Aber gut: Das Chaos am Flughafen, der rüde Umgang der Taxler und der verrückte Verkehr waren Ende der 1980er-Jahre bei unseren ersten Bali-Besuchen auch schon so ähnlich. Nur die Luft war damals noch eindeutig besser als heute – jedenfalls hier im Süden Balis, in der balinesischen Kapitale Denpasar, die zugleich die größte Stadt der Insel ist.

Mit höchstem Segen

„Om-Swastiastu" lautet die Begrüßungsformel auf balinesisch, „Gott segne dich". Und so wird man im Hotel dann auch höflichst mit gefalteten Händen, die das Kinn oder die Nasenspitze berühren, willkommen geheißen. Keine zehn Kilometer vom Flughafen Denpasar entfernt scheint die Wolke Bali wieder zu schweben. Im „Four Seasons at Jimbaran" tragen alle traditionelle balinesische Kleidung: die Frauen einen Sarong (Wickelrock), eine Kebaya (Bluse) und einen Selendang (Schal) um die Hüfte. Die Männer ziehen sich ebenfalls einen Sarong und ein Hemd sowie den Selendang an, zudem ein Udeng (oder Dèstar – ein wie ein Turban um den Kopf gewickeltes, vorn geknotetes Tuch). Wie so vieles hat auf Bali auch die Kleidung nicht nur eine praktische, sondern zugleich eine symbolische Bedeutung: So verkörpert der nach unten zum Boden verlaufende Sarong die Verbindung mit der Mutter Natur, der zum Himmel zeigende Udeng die Verbindung mit dem Kosmos.

In Renon, dem im Osten der Stadt gelegenen Regierungsviertel von Denpasar, erinnert das Bajira-Sandhi-Monument an den Unabhängigkeitskampf der Balinesen.

Mitte links: Reger Verkehr herrscht stets auf den Straßen von Denpasar nach Kuta.

Mitte rechts: Wishnu-Statue im Garuda-Wisnu-Kencana-Kulturpark in Ungasan, südlich von Kuta.

Köstlich: Babi Guling (mit Gewürzpaste bestrichenes Spanferkel) an einem Imbissstand (Warung) auf dem Markt von Kuta.

„Der Kaffee ist fertig“: Auf Bali versteht man es, den Gast nach allen Regeln der Kunst zu verwöhnen.

Ganz entspannt im Hier und Jetzt: Bunt beschirmtes Strandleben vor der La Plancha Beach Bar in Seminyak.

Im Potato Head Beach Club in Seminyak sind es nur wenige Meter vom Pool über den Strand zum Meer.

In Sanur erwartet den Gast ein stimmiger Dreiklang aus Strand, Kultur und erschwinglichem Komfort.

Special

Denpasar

Balis hektische Hauptstadt

Jeder fünfte Einwohner Balis lebt in Denpasar. Der erste Eindruck von der Insel-Hauptstadt ist chaotisch. Aber besonders ihr Markt ist einen Abstecher wert.

Die engen Straßen und Gassen der Stadt quellen über mit Fahrzeugen aller Art. Die Inselhauptstadt ist in den letzten Jahren rapide gewachsen und wird wohl bald an der Eine-Million-Einohnergrenze kratzen. Für die Balinesen markiert Denpasar wichtige Knotenpunkte der Insel: um Behördengänge und Bankgeschäfte zu erledigen sowie als (von Chinesen beherrschtes) Handelszentrum. Nicht zuletzt ist Denpasar auch das politische Zentrum Balis.

In den Pasar Badung, die dreistöckige Markthalle, geht man am besten morgens, wenn im geschäftigen Treiben die Luft noch etwas kühler ist und die Auswahl groß. In der ersten Etage gibt es Fisch und Fleisch, Gewürze findet man im zweiten Stock.

Denkmal auf dem Tanah Lapana Puputan, dem zentralen Platz in Denpasar.

Noch einen Stock darüber wird Kunsthandwerk angeboten.

Die Jl. Hasanuddin ist die Straße der vielen Goldgeschäfte. Und auch der Vogelmarkt, Pasar Burung in der Jl. Veteran, lohnt einen genaueren Blick, zumal es dort nicht nur um das Federvieh, sondern auch um Hunde, Katzen, Schlangen, Zierfische und einige weitere Tiere geht.

Info: Tourism Office, Jl. Majapahit 1, Denpasar, Mo.–Do. 7.30–15.30, Fr. 8.00–13.00 Uhr

Form, Anstand, Würde …

Ketut – diesem Namen nach in seiner Familie der Viertgeborene – zeigt dem Gast das schöne, wie ein traditionelles balinesisches Dorf angelegte Resort. Form und Anstand sind wichtige Begriffe für ihn, weil beides zum Inselalltag gehört wie Religion und Würde, die beiden zentralen Säulen des balinesischen Kosmos. In ihm verbinden sich Natur, Kunst und Gemeinschaft zu einem harmonischen Miteinander. Wie wichtig es ist, diese Harmonie aufrechtzuerhalten, verdeutlicht etwa die Ethnologin Anette Rein, wenn sie schreibt, dass eine Missachtung der kosmischen Prinzipien „zu Unordnung und Disharmonie, zum Auseinanderfallen sämtlicher Elemente des Kosmos“ führen würde, was gleichbedeutend wäre „mit Unglück, Krankheit, Untergang und Tod“.

… und der Alltag in der Touristenhochburg

Die meisten Hotels im Süden sind in der breiten Mittelklasse angesiedelt, mit vielen Ausreißern nach unten, besonders in Kuta und Legian, sowie nach oben in Nusa Dua und auf der Halbinsel Bukit Badung mit ihren zahlreichen Luxusresorts. Abgesehen von großen Teilen der Halbinsel reihen sich überall Hotel an Hotel, Club an Club, Shop an Shop, Restaurant an Restaurant, Bierkneipe an Bierkneipe. Dazwi-

Meist religiöse Feste unterteilen das balinesische Jahr in Zyklen und bereichern den Alltag. Hinzu kommt, dass auch für jeden balinesischen Tempel einmal im Jahr eine Art „Geburtstag" (Odalan) gefeiert wird: Da es auf Bali Tausende von Tempeln (und Tempelchen) gibt, stehen die Chancen für den Reisenden gut, ein solches Fest miterleben zu dürfen.

Viele Rituale und Zeremonien wie hier (oben und Mitte links/rechts im Pura Dalem & Pura Penataran Desa Adat) in Kuta dienen der Besänftigung von Dämonen und der Vertreibung negativer Kräfte. Andere Rituale und Zeremonien haben die geistige Läuterung des Gläubigen zum Ziel und sollen diesen mit spiritueller Kraft für die Herausforderungen des irdischen Daseins erfüllen.

Häufig markieren solche Rituale auch bestimmte Lebensabschnitte. Eines davon ist das Zahnfeilungsritual (links bei den Feierlichkeiten in Ungasan), das beide Geschlechter auf dem Weg zum Erwachsenwerden durchlaufen müssen: Sowohl die oberen als auch die unteren sechs Vorderzähne gelten als Sitz diverser negativer Eigenschaften wie Neid und Gier. Während man die oberen Zähne begradigt, belässt man die unteren in ihrer natürlichen Form und markiert damit sowohl die Beherrschung solcher Eigenschaften als auch ihre Nutzung als emotionales Potenzial.

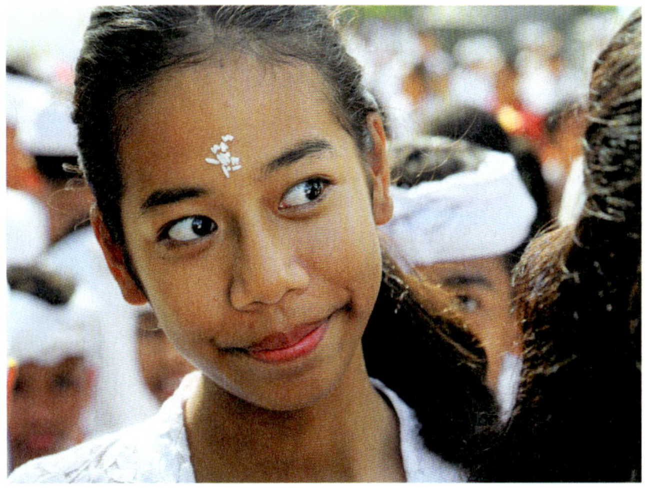

Auf Bali wird das ganze Leben vom Glauben bestimmt (oben links/rechts im Pura Dalem & Pura Penataran Desa Adat in Kuta).

In stoischer Ruhe schreitet man zum Wasser und opfert den Meeresgöttern die Gaben.

schen geben die Mopeds auf den engen Straßen ein stetiges Hupkonzert; ein LKW drängt sich dazwischen, denn im Verkehr gilt – ebenfalls untypisch für die balinesische Mentalität – das Recht des Stärkeren. Taxifahrer fahren entweder langsam in Gehsteignähe, um Ausschau nach Kunden zu halten, oder sie rasen mit ihren Gästen wie im Slalom durch den Verkehr und nutzen jede noch so kleine Lücke zum Vorwärtskommen.

Eine ganz eigene Welt

Zwischen Kuta und Legian schreitet eine Prozession zum Strand. Angeführt wird sie von einem Priester ganz in Weiß, dem fein gekleidete Männer und anmutige Frauen folgen, die höchst elegant Opfergaben auf den Köpfen balancieren. Am Strand bildet sich schnell ein Spalier aus Touristen, die sehen wollen, was da passiert. Doch die Prozessionsgemeinschaft lässt sich weder von den Smartphones und den verspiegelten Sonnenbrillen irritieren noch von den knappen Bikinis oder gar manch blankem Busen. In stoischer Ruhe schreitet man zum Wasser und opfert den Meeresgöttern die Gaben. Für den Beobachter sieht es so aus, als wandelten die Prozessierenden in ihrer ganz eigenen Welt. Fünfzehn Minuten später begeben sie sich wieder zurück in ihr Dorf, in der gleichen stoischen Ruhe, in der sie hierher kamen – als wären sie ganz allein am Strand, als hätte es keine Touristen für sie gegeben ...

Balinesische Farbenlehre

Dass sich die Balinesen selbst in einer Touristenhochburg wie Kuta durch nichts und niemanden aus der Ruhe bringen lassen, erklärt sich auch mit ihrer grundsätzlichen Einstellung zum Leben. Gut veranschaulichen lässt sich diese mit dem omnipräsenten schwarz-weißen Tuch, das Tempel schmückt, Wächterfiguren umhüllt und an jedem Banyan-Baum zu finden ist. Es heißt „Kain Poleng“ und symbolisiert das duale System des Lebens: Wo es Gott gibt, gibt es auch den Teufel, wo Gutes ist, findet sich Schlechtes, Süßes und Saures, Yin und Yang oder eben Weißes und Schwarzes. Jedes Tuch hat exakt die gleiche Anzahl an weißen und schwarzen Karos: Weiß ist die Farbe des Lebens, Schwarz steht für den Tod.

Apropos: Im touristischen Süden, wo strenge Tradition und lockere Urlaubswelt nebeneinander bestehen, wird manchmal sogar eine Leichenverbrennung für 25 US-Dollar pro Zuschauer vermarktet. Die Familien, die lange für die kostenintensive Zeremonie gespart und vielleicht sogar Schulden dafür aufgenom-

Nur bei Ebbe gelangt man trockenen Fußes zum Pura Tanah Lot, Balis berühmtesten Meerestempel.

„Wo Sonne und Mond scheinen, wo sich Vulkane erheben und Wasser deren Flanken hinunterfließt, da ist auch Gott, der die Menschen segnet."

Balinesische Glaubensweisheit

men haben, sehen von dem Geld keinen Cent. Dennoch werden die Besucher geduldet. Denn es ist ein freudiges Fest: Die Seele wird durch die Verbrennung vom irdischen Dasein befreit. Erst jetzt ist eine nächste Wiedergeburt möglich.

Weltoffen und quirlig

Geld, Alkohol, käufliche Liebe und ein Nachtleben ohne Limit: Bali ist längst ein Teil der globalisierten Welt. Die meisten Urlauber im Süden kommen aus Australien: Für die Aussies ist Bali das, was für die Deutschen Mallorca ist – schnell erreichbar, schön warm, immer für eine Party gut und sehr günstig. Mit Drogen sollte man sich hier allerdings nicht erwischen lassen: Indonesien hat die strengsten Drogengesetze weltweit; schon der Besitz geringster Drogenmengen führt oft zu hohen Freiheitsstrafen, und die Todesstrafe für Drogendelikte wird auch an Ausländern vollstreckt.

In Kuta, der weltoffensten und quirligsten Region der Insel, trennt die Uferstraße die nächtliche Unterkunft vom täglich aufgesuchten Strand. Getrübt wird das Vergnügen im – von ungezählten Surf- und Boogeyboards, Einkaufscentern und Massagepavillons geprägten – Badeparadies durch Strömungen, die das Schwimmen im Meer zeitweise verbieten. Doch die meisten Gäste ertragen dieses Manko gelassen und springen dann eben in einen der zahlreichen Hotelpools.

Joggen, Walken, Reiten

Legian, der nördliche Ausläufer von Kuta, unterscheidet sich kaum noch von Kuta selbst. Seminyak war vor einigen Jahren noch ein Fischerdorf und gilt heute als ein verlängerter Arm von Legian und Kuta. Allerdings ist es hier doch noch um einiges ruhiger und vor allem auch atmosphärischer als in den Nachbarorten: An einem der schönsten Strandabschnitte laufen Jogger gemütlich in der Morgensonne, schwitzen andere bereits beim Power Walk, reiten Boogeyboarder die ersten Wellen des Tages sowie ein Pärchen elegant im Sattel auf den Rücken zweier prächtiger Pferde.

Viel Party, wenig Kultur

Mit Canggu, noch weiter nördlich, ist bereits der nächste touristische Hotspot herangewachsen. Balis Süden gehört den Badeurlaubern, den Partygästen, den Hedonisten – Kulturtouristen sind hier eher fehl am Platz. Einziges Highlight für sie ist Uluwatu, der wunderschön über den Klippen liegende Tempel im äußersten Südwesten. Dann gibt es auch noch eine 75 Meter hohe Kolossalstatue im Garuda-

Wie der Pura Tanah Lot zählt auch der Pura Luhur Uluwatu zu den wichtigsten Heilgtümern der Insel. Beide Tempel eint die gemeinsame Aufgabe, …

… die im Meer lauernden Mächte des Bösen nicht an Land kommen zu lassen. Was auch die Surfer am nahen Suluban Beach zu schätzen wissen.

Blick vom Pura Luhur Uluwatu auf die Küste im Südosten der Halbinsel Bukit Badung.

Gamelan

Special

So klingt Bali

Musik spielt im täglichen Leben auf der Insel eine Hauptrolle. Bis in die vorhinduistische Zeit lässt sich die balinesische Musiktradition zurückverfolgen, von der der niederländische Musikethnologe Jaap Kunst behauptete, sie sei „so rein und mysteriös wie das Mondlicht." Für westliche Ohren ist sie allerdings etwas gewöhnungsbedürftig, denn sie kennt zum Beispiel keine auf einem Grundton aufbauende Melodie. Gespielt wird vor allem mit Schlaginstrumenten (gamel = „Schlag" oder „Hammer"). Dazu gehören große Gongs, mit Fell bespannte Röhrentrommeln und mit Resonanzkörpern aus Bambus ausgestattete Metallophone.

Gamelan-Orchester am Melasti Beach, südlich von Ungasan.

Wisnu-Kencana-Kulturpark. Sie stellt die Gottheit Wisnu (Vishnu) dar, die auf dem Vogel Garuda reitet, dessen Flügelspannweite hier 64 Meter beträgt. Da das von einem früheren indonesischen Tourismusminister initiierte, wegen seiner enormen Größe und seines kommerziellen Charakters nicht unumstrittene Monument auch noch auf einem mächtigen, knapp 50 Me-

Das am Nordostrand von Bukit Badung (unten: das Eingangstor zur Halbinsel) gelegene Ferienzentrum Nusa Dua ist eine Luxusoase für mehr als 500 000 Gäste pro Jahr. Direkt an der Küste kann man im Fünf-Sterne-Resort The Mulia (oben und Mitte) u.a. eine von 108 edlen Villen mit 24-Stunden-Butlerservice, Privatgarten und herrlichem Blick auf den Indischen Ozean buchen.

Parasailing vor der Küste von Tanjung Benoa – einer kleinen, im Osten der Halbinsel Bukit Badung nahtlos an Nusa Dua anschließenden Landzunge.

Luxus pur vor der herrlichen Kulisse des Indischen Ozeans: Im Four Seasons at Jimbaran.

Neben dem illegalen Handel gibt es auf Bali zum Glück auch diverse Schutzprojekte, Aufzucht- und Pflegestationen für Meeresschildkröten.

ter hohen Sockel steht, ist es von vielen Teilen des Südens sichtbar.

Licht und Schatten

Nicht sichtbar ist dagegen, was immer noch vielerorts mit den Meeresschildkröten passiert. Sie können an Land wie im Wasser leben: In seiner zweiten Inkarnation als Schildkröte symbolisiert der Hindugott Vishnu Fruchtbarkeit und Unsterblichkeit. Daraus leitete man den Brauch ab, zu bestimmten zeremoniellen Anlässen Schildkröten zu opfern und ihr Fleisch zu essen. Offiziell ist zwar jeglicher Verzehr, Verkauf oder Besitz von Schildkrötenfleisch und Schildpatt schon seit 1999 verboten, verzehrt werden die vom Aussterben bedrohten Tiere aber nach wie vor: Umgerechnet 1500 Euro zahlen illegale Händler dafür, dass die Hafenpolizei von Benoa wegsieht, wenn ganze Schiffsladungen lebender Schildkröten unbehelligt nach Bali kommen: aus der Javasee, aus Sumbawa oder Sulawesi. Hier landen sie gleich in der Schlachterei und dann auf dem Schwarzmarkt. Da fragt man sich wie schon bei der Ankunft am Flughafen in Denpasar: Ist das Bali? Wo sind Form, Anstand und Würde geblieben? Antwort: Selbst die Wolke Bali wirft eben auch den einen oder anderen Schatten.

Verkäuferin auf dem Markt von Kerobokan, westlich von Denpasar: „Insel des Lächelns" wird Bali auch genannt.

Mitte links/rechts: Fliegende Händler am Strand und ein Marktstand in Jimbaran.

Frischer Fisch, frisch auf den Strand: in der Bucht von Jimbaran.

VON DER HIPPIE-IDYLLE ZUR TOURISTENHOCHBURG

Lange Haare, lockere Sitten

Es waren die Hippies der späten 1960er- und frühen 1970er-Jahre, die Bali zunächst für sich selbst entdeckten. Damit brachten sie die Insel aber auch auf die touristische Landkarte. Heute besuchen Jahr für Jahr fast fünf Millionen Touristen die „Insel der Götter".

Relaxen am Strand von Legian, der nördlichen Verlängerung von Kuta Beach.

Bevorzugtes Reiseziel der Hippies war ein kleiner Fischerort: Kuta. Das Dorf veränderte sich, wuchs, wurde größer und größer. Kamen in den 1920er- und 1930er-Jahren noch etwa tausend Besucher pro Jahr – die meisten davon Holländer –, so zählte man 1973 schon etwas mehr als 50000. Nach ihrem langen Weg auf der damals beliebten Reiseroute über Kathmandu glaubten die Hippies in Kuta ihren Garten Eden gefunden zu haben. Und wie überall entdeckten nach den Rucksackreisenden auch Pauschalurlauber die Schönheit der Insel. Mit den absehbaren Folgen: Verkehrschaos, Drogenprobleme, Prostitution, Müll, Umweltverschmutzung, Wasserknappheit. Nicht zuletzt birgt der Massentourismus auch ein enormes soziales Konfliktpotenzial. Dennoch setzen bis heute nur wenige Luxury-Resorts und einige kleinere Anlagen in privater Hand auf nachhaltigen Tourismus. Denn „nachhaltig" bedeutet auch höhere Preise – und die Konkurrenz unter den Hoteliers ist hoch.

Die Nacht zum Tage machen: Der Sky Garden in Kuta ist ein großer Entertainment-Komplex mit vielen Bars und Diskotheken.

Goldene Zeiten ...

Die 1990er-Jahre brachten goldene Zeiten für Bali. Die Insel war „the place to be". Jede Hotelkette musste vertreten sein, auf jeder Party zwischen London und New York war Bali en vogue. Mit den „Aman"-Resorts wurden weltweite Maßstäbe in Sachen Luxushotellerie gesetzt.

... und finsterster Terror

Am 12. Oktober 2002, einem Samstag, zündete ein Selbstmordattentäter eine Bombe in der „Paddy's Bar". Nur wenige Sekunden später erschütterte eine zweite Explosion Kuta – eine per Fernbedienung gezündete Autobombe vor dem „Sari Club". Etwa gleichzeitig explodierte ein Sprengkörper vor dem Konsulat der USA in Denpasar, der aber nur Sachschaden anrichtete. Insgesamt wurden bei den verheerenden Anschlägen 202 Menschen getötet und etwa ebenso viele zum Teil schwer verletzt. Die Opfer waren mehrheitlich ausländische Touristen, darunter auch sechs Deutsche und 88 Australier. Letzteren galten die Anschläge wohl in erster Linie, da sich Australien im Kampf gegen den islamischen Terrorismus bedingungslos an die Seite der USA gestellt hatte. Im Oktober 2005 kehrte der Terror nochmals zurück. Wieder kamen viele Menschen ums Leben, als mehrere Bomben in Kuta und Jimbaran explodierten.

... auf der Insel der Götter

Der Traum vom sanften Paradies schien ausgeträumt. Aber wenn es auch das Ziel der Terroristen gewesen sein sollte, Balis Tourismus mitten ins Herz zu treffen, so ging diese Rechnung längerfristig nicht auf: Nach erheblichen Einbußen und einer jahrelangen Zurückhaltung hat sich Balis Tourismusgeschäft längst wieder erholt. Aktuell strebt man auf der Insel die Fünf-Millionen-Besuchermarke an – und wird sie wohl bald erreichen. Wenn man die indonesischen Besucher, vornehmlich aus Jakarta und dem restlichen Teil von Java, mitzählt, die mindestens eine Nacht auf Bali bleiben, spricht man sogar von sechs Millionen Besuchern jährlich. Damit hat Bali ungefähr so viele Gäste wie Teneriffa, ist aber in der Fläche gut zweieinhalbmal so groß.

Für die Australier sind die vier bis fünf Flugstunden eine schnelle und günstige Urlaubsflucht. Und was Playa de las Américas und Los Cristianos für Teneriffa sind, sind Kuta und Legian für Bali. In den Ballungszentren im Süden lassen sich die negativen Auswirkungen des Massentourismus inzwischen nicht mehr übersehen – aber es gibt noch immer genügend idyllische Plätze auf der Insel der Götter, die dem Traum vom sanften Paradies näher kommen. Noch.

Fakten & Informationen

Allgemeine Informationen zum Thema nachhaltig Reisen bietet die Deutsche Gesellschaft für die Vereinten Nationen e.V.: **https://dgvn.de**
Der durch die An- und Abreise verursachte CO_2-Ausstoß lässt sich mithilfe von Klimaagenturen wie zum Beispiel **www.amtosfair.org** zumindest teilweise kompensieren.

Tabanan
Badung
Bukit Badung
Selat Badung
(Badung Strait)
DENPASAR
Kerobokan
Kuta
Legian
Seminyak
Sanur
Sindhu
Batujimbar
Semawang
Blanjong
Tg. Serangan
Pulau Serangan
(Turtle Island)
Nusa Dua
Tanjung Benoa
Jimbaran
Teluk Jimbaran
Ngurah Rai Int. Airport
DPS
Tuban
Abiyankuta
Kedonganan
Labuhan Benoa
Tg. Benoa
Lembar (Lombok)
Gilis
Cengkilung
Bualu
Mumbul
Kampial
Sawangan
Ungasan
Pecatu
Uluwatu
Pura Luhur Uluwatu
Suluban
Nyang Nyang Beach
Padang Padang Beach
Suluban Beach
Bingin Beach
Dreamland Beach
Balangan Beach
Pura Belangan
Four Seasons
Pura Geger
Nikko Bali Resort
Pura Gunung Payung
Pura Mas Suka
Pura Batu Pageh
Bali Cliff Resort
Universitas Udayana (UNUD)
Tabanan
Kediri
Krambitan
Pangkung-pearhu
Mengwi
Pura Taman Ayun
Munggu
Pura Tanah Lot
Tanah Lot
Bali Nirwana Resort
Canggu
Berawa
Umalas
Pura Petitenget
Petitenget
Batubelig
Basangkasa
Waterbom Park
Teluk Kuta
Plasa
Sempidi
Sibanggede
Muncan
Kesiman
Padang Galak
Museum Le Mayeur
Intaran
Renon
Panje
Sidakarya
Pegok
Pesanggaran
Pura Sakenan
Celuk
Singapadu
Sukawati
Batubulan
Batuan
Mas
Ubud
Peliatan
Goa Gajah
Blahbatuh
Gianyar
Abianbasen
Sangeh
Blahkiuh
Sembung
Marga
Tg. Petan
Maßstab 1:180.000
0
2
4km
1
2
3
4
5
6
7

Balis touristisches Herz

Der Süden von Bali ist mit Abstand die meistbesuchte Region der Insel. Während Kuta mit Legian und Seminyak als hippes Surfer- und Partymekka gilt, präsentiert sich Sanur als vergleichsweise beschauliches Pauschalreiseziel. Jimbaran sowie vor allem Nusa Dua und die gesamte Halbinsel Bukit Badung locken mit zahlreichen Luxusrefugien.

1 Denpasar

Balis Hauptstadt ist zugleich die mit Abstand größte Ansiedlung der Insel. Für die Einheimischen laufen dort alle Fäden zusammen, für Touristen ist Denpasar eher weniger attraktiv.

SEHENSWERT/MUSEUM

Urbanes Zentrum ist der baumbestandene **Puputan-Platz**, in dessen Mitte ein Denkmal an den rituellen Massenselbstmord *(Puputan)* des balinesischen Fürstenhofs erinnert, der damit im Jahr 1906 der Unterwerfung durch die holländische Kolonialmacht zuvorkam. An der Ostflanke stehen der Staatstempel **Agung Jagatnatha** und das **Bali Museum**. Letzteres vermittelt mit diversen archäologischen Funden, Kunstwerken und Relikten aus dem alten Bali sowie mit Schattenspielfiguren und Tanzmasken einen guten Überblick über die Historie der Insel (Jl. Mayor Wisnu No.1, So.–Do. 8.00 bis 16.00, Fr. bis 12.30 Uhr). Wer ein bisschen Luft aus den Golden Twenties schnuppern möchte, marschiert in die **Jl. Veteran**. Dort steht das erste Hotel, das auf Bali gebaut wurde, das ehemalige „Bali Hotel". Für damalige Verhältnisse war es unglaublich luxuriös.

Oben: Pavillon am Sanur Beach. Oben rechts: Schildkröten-Schutzstation auf Serangan, einer kleinen Insel südlich von Sanur. Darunter: im Museum Le Mayeur in Sanur.

Das jetzige „Inna Bali" ist allerdings nur noch ein mittelmäßiges Drei-Sterne-Hotel.

MÄRKTE

In dem knapp 700 m westlich des Puputan-Platzes am Westufer des Flusses Tukad Badung gelegenen **Pasar Kumbasari** findet man Textilien, Kunsthandwerk und günstige Souvenirs in einem dreistöckigen Marktgebäude. Balis größter Lebensmittelmarkt, **Pasar Badung** am gegenüberliegenden Ufer in der Jl. Gajah Mada, offeriert Gemüse, Obst, Fisch und Fleisch sowie ebenfalls Textilien und Kunsthandwerk.

RESTAURANTS

Die **€ Essensstände** auf dem Nachtmarkt, dem **Pasar Malam Kereneng** in der Jl. Kereneng, bieten gute und authentische indonesische Küche.

INFORMATION

Bali Tourism Board, Jl. Raya Puputan No. 41, Tel. 0361 23 56 00, https://balitourismboard.or.id

2 Sanur

Mit seinem schönen hellen Sandstrand, durch ein vorgelagertes Riff geschützt, bietet das westlich an Denpasar grenzende Sanur beste Voraussetzungen für Familien und Badeurlauber, die in keiner Partymeile nächtigen wollen. Allerdings zieht sich das Meer bei Ebbe oft sehr weit zurück.

SEHENSWERT/MUSEUM

Die in Sanskrit verfassten Inschriften der 2 m hohen Steinsäule des **Pura Belanjong** in der Jl. Danau Poso stammen aus dem 10. Jh. Adrien-Jean Le Mayeur de Merpres (1880 bis 1958) war ein belgischer impressionistischer Maler, der lange auf Bali lebte und wirkte. Sein einstiges Wohnhaus dient heute als **Museum Le Mayeur** (Jl. Hang Tuah, Fr. 8.00–12.00, Sa.–Do. 8.00–15.00 Uhr).

EINKAUFEN

Der **Sanur Art Market** (Jl. Danau Tamblingan) bietet eine Mischung aus Kunsthandwerk und Souvenirkitsch, Schmuck, Musikinstrumenten, Spielzeug und Klamotten

RESTAURANT

Leckereien gibt's auf dem Nachtmarkt, **€ Pasar Sinduh** (Ecke Jl. Pungutan und Jl. DanauToba).

HOTEL
80 im balinesischen Stil gehaltene 3-Sterne-Bungalows, hübsch eingerichtet in einem schönen Garten, gleich hinter dem Strand, bietet das € **Besakih Beach Resort**. Zudem: 2 Pools, Spa, Wassersportangebot, balinesische Tanzvorführungen, Strandrestaurant (Jl. Danau Tamblingan, Tel. 0361 28 84 23, www.besakih.com).

INFORMATION
In den Hotels und unter www.indonesia.travel/gb/en/destinations/bali-nusa-tenggara/sanur

3 Nusa Dua

Was Sanur für die Mittelklasse ist, ist das am Nordostrand der Halbinsel **Bukit Badung** gelegene Nusa Dua für die Luxuskategorie: Ein 5-Sterne-Hotel reiht sich ans nächste. Das eigentliche Dorf mit nur wenigen Hundert Einwohnern ist von der gut bewachten Besucherenklave abgegrenzt.

SEHENSWERT/MUSEUM
Der **Puja Mandala** genannte, wohl weltweit einmalige Komplex in der Jl. Raya Bualu Ungasan steht für Balis religiöse Toleranz und vereint von West nach Ost eine Moschee, eine katholische Kirche, einen buddhistischen Tempel, eine protestantische Kirche und einen buddhistisch-hinduistischen Tempel (Pura) – also mit Ausnahme des Konfuzianismus fünf von sechs Staatsreligionen Indonesiens in friedlicher Koexistenz. Das **Museum Pasifika** (Complex Bali Tourism Development Corporation Area Block P, www.museum-pasifika.com) zeigt in seiner ständigen Ausstellung über 600 Werke und wirbt damit, die weltgrößte Sammlung asiatisch-pazifischer Kunst zu besitzen.

RESTAURANT
Dem Schweizer Heinz von Holzen, der uralte balinesische Rezepte recherchiert hat und auch Kochkurse (ca. 50 €, www.balifoods.com) mit vorherigem Einkauf auf dem Markt veranstaltet, gehört das €€€ **Bumbu Bali** (Jl. Pintas Siligita, Tel. 0361 77 45 02, www.artcafebumbubali.com).

HOTEL
€€€€ **The Mulia** (siehe S. 114/115).

INFORMATION
In den Hotels und auf www.indonesia.travel/gb/en/destinations/bali-nusa-tenggara/nusa-dua

4 Uluwatu

Das Innerste der bis ins 11. Jh. zurückreichenden Anlage des **Pura Luhur Uluwatu** TOPZIEL (Jl. Raya Uluwatu, an der südwestlichen Spitze der Bukit-Halbinsel) dürfen nur gläubige Hindus betreten. Faszinierend ist aber allein schon die Lage, 70 m über dem Meer, direkt auf einer mächtigen Klippe. Vorsicht vor den Affen: Viele freche Langschwanzmakaken treiben hier

Im Uhrzeigersinn von oben: Anantara Uluwatu Bali Resort, Strandleben in Legian, Gedenkstätte für die Bombenanschläge 2002 und 2005 in Kuta.

ihr Unwesen und stibitzen alles, was nicht niet- und nagelfest ist. Zum Sonnenuntergang wird auf dem Tempelgelände der traditionelle Kecak-Tanz aufgeführt. Surfer schätzen das Meer vor Uluwatu wegen der anscheinend niemals aufhörenden Leftbreaks; besonders dramatisch ist die Kulisse am von Kalksteinklippen und Höhlen umgebenen **Suluban Beach**. Bevor man den steilen Weg zum Strand hinuntersteigt, sollte man sich jedoch über die Gezeiten informieren.

HOTELS
€€€€ **Anantara Uluwatu Bali Resort** und €€€€ **Six Senses Uluwatu** (siehe S. 114/115).

INFORMATION
In den Hotels und auf www.indonesia.travel/gb/en/destinations/bali-nusa-tenggara/uluwatu

5 Jimbaran

An der 4 km langen sichelförmigen Bucht von Jimbaran liegen tagsüber an vielen Stellen Fischerboote am Strand, abends werden Tische und Stühle fürs Seafood-Dinner aufgestellt. Dieser Strand gehört zu den schönsten der Insel. Eine überwältigende Auswahl bietet der Fischmarkt am nördlichen Ende der Bucht.

RESTAURANTS
In den etwa 30 €€€€ **Fischrestaurants**, die abends direkt am Strand, südlich des Fischmarkts, servieren, bestellt man am besten ein Set-Menü zum Fixpreis.

HOTEL
€€€€ **Four Seasons at Jimbaran** (siehe S. 114/115).

UMGEBUNG
Im Zentrum des **Garuda-Wisnu-Kencana-Kulturparks** in **Ungasan** steht unübersehbar die Kolossalstatue (Jl. Raya Uluwatu). Dargestellt ist der auf dem mythischen Vogel Garuda reitende Gott Wisnu (Vishnu), der von den hinduistischen Gläubigen als Beschützer und Bewahrer des Universums verehrt wird.

INFORMATION
In den Hotels und auf www.bali-indonesia.com/jimbaran

6 Kuta, Legian & Seminyak

TOPZIEL Den Anfang machten Rucksackreisende, Surfer und Hippies. Als sie in den späten 1960er-Jahren in **Kuta** eintrafen, lösten sie einen richtigen Boom aus. In den 1980er-Jahren avancierte das mittlerweile zur Stadt angewachsene und mit dem Nachbardorf **Legian** verwobene Kuta zum populärsten Backpacker- und Surfer-Spot Asiens. In den 1990er-Jahren entwickelte sich das bereits kilometerlange Kuta-Legian zur Goldmine auch des Massentourismus, der zudem in seiner Luxus-Spielart das an Legian angrenzende **Seminyak** eroberte: Strand, Wellen und inzwischen auch der Verkehr gleichen Kuta und Legian, nur das Publikum unterscheidet sich in Seminyak: Hier logiert eine gut betuchte Kundschaft in stylischen Hotels, gespeist wird in feinen Restaurants.

SEHENSWERT/ERLEBEN
Nördlich der Hotels an der Jl. Pantai Kaya Aya in Seminyak steht der **Pura Petitenget**: Wie viele Tempel an der Küste geht auch dieser auf den Hindupriester Dang Hyang Nirartha zurück, der im 16. Jh. nach Bali kam, um dort seinen Glauben zu verbreiten. Abends versammeln sich alle am breiten, ockerfarbigen Sandstrand von Kuta zu den berühmten Sonnenuntergängen. In Legian plumpst die Sonne genauso schön in die Kuta Bay, doch eine Location für einen Sundowner wie die von **On The Juice** hat Kuta nicht: Die Bar ist ein alter VW-Bus, direkt am Strand. In Kutas Jl. Legian endet das Nachtleben erst im Morgengrauen: Abfeiern kann man etwa im **Sky Garden** (Chart-Songs), in der **Apache Bar** (Reggae) oder im riesigen **Engine Room** (R'n'B; alle in der Jl. Legian).

EINKAUFEN
Das Einkaufszentrum **Beach Walk** an der Jl. Pantai Kuta bietet eine riesige Auswahl, gute Preise und leckeres Essen in den Food-Stalls.

RESTAURANTS

Eine Reistafel mit bis zu 40 Gerichten zum Ausprobieren offeriert €€ **Poppies** in der gleichnamigen Straße (Kuta, Poppies Lane, Tel. 0361 75 10 59, www.poppiesbali.com).
€€ **Sawasdeekha** ist ein gutes Thai-Lokal mit leckerem Huhn vom Grill (Legian, Jl. Werkudara, Tel. 0361 75 35 73).
Im €€€€ **Kura Kura** genießt man Fine Dining vom Feinsten: ob Zackenbarschfilet oder Angus Steak, Sate oder Pasta (Seminyak, Jl. Kayu Aya, Tel. 0361 73 03 61, www.oberoihotels.com/hotels-in-bali/restaurants).

HOTELS

Beachfront-Adresse, hübscher Garten mit Pool und geschmackvoll eingerichtete Zimmer, dazu ein Restaurant und Spa: Im €€ **Kutaseaview** ist man gut aufgehoben (Jl. Pantai, Kuta, Tel. 0361 334 90 90, http://kutaseaviewhotel.com).
Im €€ **Alam Kul Kul** am Strand bietet schon die einfachste der zehn Zimmerkategorien 38 Quadratmeter, Balkon und eine hübsche Einrichtung. 2 Pools, Garten, Restaurant (Jl. Pantai, Kuta, Tel. 0361 75 25 20, www.alamkulkul.com).
€€€€ **W Bali** (siehe S. 114/115).

INFORMATION

Tourist Information Centre,
Jl. Bena Sari 7, Tel. 0361 75 40 92,
www.balitourism board.org

Tipp

Gegen den Strom

Der malerisch auf einer Felsspitze liegende 7 **Pura Tanah Lot** **TOPZIEL** ist wohl der meistbesuchte Tempel auf Bali, auch weil er sich so schön gegen die untergehende Sonne am orange glühenden Himmel abhebt. Dementsprechend groß ist aber auch der Touristenrummel rund um diesen „balinesischen Mont-Saint-Michel" – an der Souvenirmeile zwischen Parkplatz und Tempel wimmelt es wie in einem Basar). Wer dem Touristenstrom entgehen will, der muss zwar auf den Sonnenuntergang verzichten, bekommt dafür aber frühmorgens oft noch ein ganz anderes Schauspiel geboten: Ruhe und Andacht an einem heiligen Ort.

Tgl. ab 8.00 Uhr

Genießen Erleben Erfahren

DuMont Aktiv

Die perfekte Welle

Schaumröllchen“, sagt Julien. „Schaumröllchen als Wellen sind zum Lernen perfekt. Monsterwellen wie auf Hawaii haben wir nicht. Und wer's schon kann, der tanzt gemütlich auf Zwei-Meter-Wellen“. Das ist Bali. Zumindest das Bali von Surflehrer Julien und ungezählten anderen, deren Welt vor allem aus Welle und Brett, Essen, Spaß und Bett besteht. „Wir bringen jeden auf dem Brett zum Stehen“, verspricht er. Doch erst mal nur auf dem Trockenen: Das Brett im Sand, auf dem jeder Ablauf und jede Position ohne Wasser eingepaukt werden.

Angefangen hat das Ganze mit dem Kalifornier Bob Koke, der 1936 auf die Insel kam und etwas mitbrachte, das damals keiner kannte: „Bobs Surfbrett war noch aus Holz und unglaublich schwer“, erklärt Julien. „Da haben wir es heutzutage mit unseren modernen, leichten Brettern viel einfacher. Jetzt aber ab ins Wasser!“ Und paddeln – gegen die Kraft der Wellen, bis dort hinaus, wo sie sich türmen.

Kein Wunder, dass Dauersurfer die klassische V-Figur mit segmentierten Bauchmuskeln haben. Kein Wunder aber auch, dass Spaghetti-Ärmchen da bald schlapp machen. „Kehre niemals der Welle den Rücken“, ruft Julien. Leicht gesagt, wenn man mehr damit beschäftigt ist, das Board zu wenden, damit es irgendwann den Weg zurück zum Strand nimmt. Und weil das Wenden viel zu lange dauert, sodass die guten Wellen längst dahin sind, dreht man die Boards in die Welle. Dann musst man losrudern was das Zeug hält und spürt, wie sie einen erfasst, die Welle, und wie sie einen hinausdrückt ... Jetzt das Board fest in beiden Händen halten und aufstehen. (Beim achten Mal hat's tatsächlich geklappt – wenigstens für ein paar Meter ...)

Weitere Informationen

Im Süden Balis gibt es mehrere Dutzend Surfschulen. „Bali Ocean Surf“ in Legian bietet Schnupperkurse (2 Std. ab 50 €), aber auch Intensivkurse (1 Woche ab 300 €): Jl. Arjuna, Tel. 0812 88 37 47 04, www.bali oceansurf.com

Wer kein eigenes Surfbrett dabei hat, kann sich wie hier am Strand von Kuta eines leihen, ehe es dann hinausgeht aufs Meer: die Welle reiten.

Ein Blick in die balinesische Seele

Faszinierende Reisfelder, eine üppig gedeihende Flora und Fauna sowie kulturelle Highlights: Im Zentrum, weitab vom Meer, kommt man Balis Seele ein gutes Stückchen näher. Zumindest glaubt das der Reisende, bis er von einer Höhle sinnbildlich verschluckt wird …

Am späten Nachmittag (und frühmorgens) erstrahlen die Reisterrassen von Tegallalang im schönsten Licht.

Bis heute leben Mitglieder der Fürstenfamilie von Ubud im Ubud Palace, der offiziell Puri Saren Agung heißt. Trotzdem können sich Besucher in weiten Teilen der mitten in der Stadt gelegenen Anlage frei bewegen und die traditionellen Gebäude besichtigen.

Oben: Tanzvorführung im Ubud Palace. Links: Steinmetzarbeiten auf dem Gelände der Palastanlage.

Von oben nach unten: Steinerne Wächter am Pura Dagem, dem Totentempel von Ubud; feudale Pracht am Ubud Palace; Vorbereitungen für ein „Tempel-Geburtstagsfest" (Odalan) in einem Hinterhof an der Jl. Raya Ubud, der den ganzen Ort durchziehenden Hauptstraße von Ubud.

Seine Felder ernähren die ganze Familie. Und das sind immerhin sieben Personen, die in einem schönen Haus in Yehtengah nördlich von Ubud leben. Wayan, Vater von zwei Söhnen und drei Töchtern, ist 61 Jahre alt. Wenn er von der harten Feldarbeit kommt, sieht er noch ein paar Jahre älter aus: gebückt zwar, aber würdevoll. Sein Arbeitsplatz ist einer der schönsten Flecken auf der ganzen Insel: Tegallalang. Heerscharen von Touristen pilgern täglich dorthin und schauen sich von der Hauptstraße die Reisterrassen an: *fifty*

„Was heute wie ein Unglück aussieht, kann sich morgen als Glück erweisen."

Vicki Baum

shades of green, von Mensch und Natur modelliert. Einige gehen auch hinunter und spazieren auf schmalen Pfaden zwischen den Reisfeldern umher, staunen, fotografieren, beobachten Wayan bei der Arbeit. Aber Wayan beachtet die Fremden nicht. Er sät, er pflanzt um oder er erntet. Und spätnachmittags, wenn die Sonne die Feldarbeit zu beschwerlich macht, schöpft er Kraft aus der Malerei: Zuhause in Yehtengah greift er manchmal zum Pinsel: „Am liebsten male ich die Natur, Reisfelder, den Wald – das ist mein Leben".

Was die Götter erfreut

Kraft schöpfen die Balinesen aus vielen Quellen: aus dem heiligen Wasser vom Berg Agung, aus ihren Riten und Zeremonien sowie in Tempeln wie dem Pura Taman Ayun von Mengwi. Dieser zweitgrößte (nach dem Pura Besakih) Tempelkomplex der Insel ist nahezu komplett umgeben von seerosenbewachsenen Kanälen, wirkt wie eine Flussinsel, ist bestückt mit wohlriechenden Frangipani und Teil des balinesischen UNESCO-Welterbes. Ganz in der Nähe, bei den

Sowohl der Wald als auch die Affen im Ubud Monkey Forest sind den Balinesen heilig.

Im Ubud Monkey Forest spaziert man durch einen märchenhaft anmutenden Wald bemooster Banyan-Riesenbäume.

Souvenirständen, hat ein Mann eine Staffelei aufgestellt. Einige seiner Werke bietet er zum Kauf an. Ob er damit die Götter erfreuen wird (eine wichtige Maxime jedes Balinesen!) wissen wohl nur diese, und ob die eingenommenen Rupiah ausreichen, dass er damit seine Familie durchbringen kann, weiß nur er selbst.

In Ubud und Umgebung fühlt sich einfach jeder als Künstler, auch wenn ein klarer Trennstrich zwischen Kunst, Kitsch und Kommerz oft nicht zu erkennen ist. Allerdings fehlt dieser nicht den Balinesen, sondern jenen Gästen, die Bali gerne strukturiert und organisiert begegnen wollen und so niemals die Seele der Insel entdecken werden: Im Balinesischen gibt es weder ein Wort für Kunst noch für Kultur. Beides ist integriert in einen Kreislauf von Werden und Vergehen, beides gehört einfach zum Leben.

Balinesische Dreifaltigkeit

Im Ubud dieser Tage ist es ähnlich voll wie in Kuta – nur anders: Die Cafés sind hübscher, die Resorts besser, das Publikum ist multinational zusammengesetzt. Auf den ersten Blick bekommt man den Eindruck, Ubud sei vor allem eine schier endlose Kette von Galerien, aufgelockert durch Souvenirläden, Lokale, Verleihstationen für Autos oder Motorroller. Und

Special

Ubud Monkey Forest

Im Reich der Affen

Affen und Tempel gehören auf Bali zusammen – beide sind den Balinesen heilig.

Im Affenwald von Ubud gibt es neben drei Tempeln mächtige Hängewurzeln, riesige Bäume – und eben Affen. Rund 700 Makaken *(Javaneraffen, Macaca fascocilaris)* leben in diesem Wald und lassen sich von bis zu 10000 Besuchern im Monat bestaunen.

Von Ubuds Zentrum sind es nur wenige Gehminuten bis zu den flinken Wächtern des auf einer Anhöhe im Südwesten der Parkanlage liegenden Heiligtums. Die Affen hüpfen hin und her und blicken stets neugierig auf die Touristen, ob vielleicht ein paar Nüsschen oder Bananen abzustauben sind. Manche Tiere geben sich auch angriffslustig, holen sich blitzschnell die Sonnenbrille vom Kopf einer Touristin oder versuchen sogar, ihr die umgehängte Kamera zu entreißen. Einen Stock einfach in der Hand zu halten, reicht schon aus, um sich die affigen Aufdringlinge vom Leib zu halten. Außerdem sollte man die Wege nicht verlassen. Off road ist einzig und allein das Territorium der Makaken, über die unser Guide zu berichten weiß, dass sie neben dem Fressen nur eines im Kopf hätten: „Sex. Die Männchen machen es in zehn Minuten bis zu drei Mal ...“.

Auch viele Jungtiere bevölkern den Affenwald.

Monkey Forest Street, www.monkeyforestubud.com, tgl. 8.30–18 Uhr

Luxuriöse Herberge mit unvergleichlichem Blick auf das üppige Grün rund um Ubud: Kupu Kupu Barong Villas and Tree Spa by L'Occitan.

Der Fleckenmusang spielt eine wichtige Rolle bei der Produktion des ebenso berühmten wie umstrittenen Kopi Luwak, des teuersten Kaffees der Welt.

Nördlich von Ubud starten Wildwasserrafter auf eine je nach Regenmenge ruhige oder aufregende Tour, deren Ziel sich im Westen nahe dem Amandari-Hotel befindet.

Rechts: Auch im Monkey Forest von Sangeh, wenige Kilometer westlich von Ubud am Nordrand des gleichnamigen Dorfes gelegen, sind sowohl die Affen heilig als auch die Bäume. Letztere sind allesamt Muskatbäume deren bis zu 40 Meter hoch aufragende Krone ein dichtes grünes Dach über dem Areal bildet, zu dem auch der Meditationstempel Pura Bukit Sari mit seinen moosüberwucherten und flechtenbehangenen Mauern gehört.

Mitte links: Ein riesiger dämonischer Wächter thront über dem Eingang der am Ufer des Petanu-Flusses gelegenen Elefantengrotte Goa Gajah.

Mitte rechts: Als wichtiges Symbol der Schöpfungslegende findet sich die Schlange an der Basis vieler Tempelschreine wie hier im Monkey Forest von Sangeh.

Traditionell gewandetes Hochzeitspaar am Tempelkomplex im Monkey Forest von Sangeh.

Der Legende nach gefällt es den Göttern, anlässlich von Tempelfesten im Wasser zu baden. Auch deshalb wurde der Pura Taman Ayun auf einer künstlich angelegten, von Wassergräben umgebenen Insel angelegt.

Kuta: „Vorfahrt hat, wer zuerst hupt!", so lautet offenbar eine inoffizielle balinesische Verkehrsregel.

Authentisches Leben

Erst Anfang der 1970er-Jahre wurden Stromleitungen in den Ort verlegt, der zu dieser Zeit noch keine 8000 Einwohner zählte. Und da die Balinesen traditionell das Meer mit seinen Dämonen eher meiden, findet sich im Zentrum zwar ein wesentlich authentischeres Leben als an den Küsten, doch die ehemals verträumten Dorfstraßen mit herumlaufenden Hühnern und Ausblicken auf die nahen Reisfelder gibt es in diesem Ort nicht mehr. Ubud ist heute eine Kleinstadt mit knapp 35 000 Einwohnern – und ein großes Touristenzentrum.

Trotzdem ist das Städtchen ein guter Platz für ein paar Tage Aufenthalt – nicht nur wegen der wunderbaren Hoteloasen. Schon bei einer Tageswanderung oder -fahrt mit dem Mietmoped wird man in nächster Nähe ein paar Orte finden, wo Hunde, Hühner, Enten und Schweine auf der Straße laufen und jedes Haus, und sei es noch so klein, einen eigenen Tempel vorzuweisen hat.

Im Wassertempel Taman Mumbul, gerade mal 15 Kilometer nordwestlich von Ubud, wird man nicht viele Touristen sehen, die zum rituellen Bad unter den Fontänen der Götterstatuen weilen und sich danach vom Priester segnen lassen, der einem Reiskörner als Symbol für Weisheit auf die Stirn klebt und ein rot-weiß-schwarzes Freundschaftsband um das Handgelenk bindet. Rot steht für Brahma, den Schöpfer, Weiß für Vishnu, den Bewahrer, und Schwarz für Shiva, den Zerstörer und Erneuerer. Danach geht man sehr ruhig und ganz neu geerdet von dannen, gereinigt im tieferen Sinn, mit den Farben der göttlichen balinesischen Dreifaltigkeit an der Hand und dem Zeichen von Weisheit auf der Stirn.

Heilende Wirkung

Natürlich kann man so eine rituelle Waschung auch am Oberlauf des Pakerisan machen, am Quellheiligtum des Tirta Empul (wörtlich: „sprudelndes Wasser"), das der Legende nach von Indra – dem höchsten, kriegerischen Gott des Himmels, des Sturmes und des Regens – im Kampf gegen die Dämonen erschaffen wurde. Letztere hatten das Trinkwasser vergiftet, worauf Indras Truppen erkrankten. Um sie zu retten, soll Indra an der Stelle des heutigen Pura Tirta Empul seinen Fahnenmast in die Erde gestoßen haben, worauf daraus eine heilige Quelle hervorsprudelte, dessen Wasser schließlich die Armee kurierte.

Bis heute glaubt jeder Balinese an die heilende Wirkung des Quellwassers. Tirta Empul ist Balis wichtigster Wallfahrtsort, aber manchmal geht es dort auch zu wie auf einem Jahrmarkt.

> Manchmal geht es am Wallfahrtsort zu wie auf einem Jahrmarkt.

Von Göttern, Geistern und Dämonen

Donnerstag ist ein besonderer Tag auf Bali, zumindest für alle Schüler. Denn am Donnerstag müssen sie traditionelle balinesische Kleidung tragen, während an den restlichen Tagen das Tragen der Schuluniform Pflicht ist. Mit dieser Verordnung will I Wayan Koster, der 10. Gouverneur

Gunung Kawi: Rund 1000 Jahre alt sind die am Grund eines üppig grünen Flusstales in den Fels gehauenen Schreine, die vermutlich an die Mitglieder einer balinesischen Herrscherfamilie im 11. Jh. erinnern sollen.

Da die Balinesen traditionell das Meer mit seinen Dämonen eher meiden, findet sich im Zentrum ein wesentlich authentischeres Leben als an den Küsten.

von Bali, den Schülern das heimische Brauchtum wieder näher bringen. Andererseits ordnete er aber zum Beispiel auch an, dass Prozessionen angemeldet und genehmigt werden müssen, um den Verkehr nicht zu sehr zu beeinträchtigen. Brauchtum und Pragmatismus, so ließe sich daraus schließen, sollen sich hier die Waage halten.

Das gilt auch für die Arbeitswelt: Über das Jahr verteilt sich eine Vielzahl unterschiedlichster nationaler und religiöser, halboffizieller und lokaler Feiertage, und ein ungeschriebenes Gesetz besagt, dass 50 Prozent der Arbeitnehmer einer anderen Religion angehören sollten als der hinduistisch-balinesischen, um die täglichen Arbeitsabläufe auf der Insel aufrechterhalten zu können.

Gehen oder schreiten?

Das zeigt aber auch: Bali ist anders. Man hat das Gefühl, dass die Menschen hier nicht gehen, sondern schreiten. Trotz des hektischen Verkehrs fühlt man sich auf der Insel der Götter immer mal wieder in eine Welt ganz ohne Hast versetzt. Gespaltene Tore, wie man sie vor fast jedem Dorf sehen kann, blockierende Wände etwa bei Hauseingängen und eckig angelegte Wege zeugen von einer Architektur, die der Geisterwelt die lange Nase zeigen, den Dämonen den Eintritt ins Leben verwehren und sie regelrecht verwirren möchte. Opfergaben besänftigen bis heute die Götter. Krankheiten deutete man auf Bali lange als ein Zeichen dafür, dass Dämonen in die Körper der Menschen geschlüpft wären. Weshalb modern eingestellte Mediziner manchmal ihre liebe Not hatten, mit zeitgemäßen Mitteln zu helfen.

Und der Tod? Der ist auf Bali nur ein Übergang: „Mit der Wiedergeburt entsteht auch wieder – die Liebe", schrieb einst die Schriftstellerin Vicki Baum (1888–1960), deren erstmals im Jahr 1937 erschienener Roman „Liebe und Tod auf Bali" bis heute als eine der besten literarischen Einführungen in die balinesische Kultur gilt.

Schamanen als Vermittler

Ein anderes Beispiel für die zwischen gelebtem Alltag und erlebter Spiritualität weniger den Gegensatz sehende als eine Verbindung suchende Vermischung von Pragmatismus und Spiritualität ist das Prinzip von Kaja und Kelod, zwei Begriffen der balinesischen Kosmologie. Kaja steht für das Göttliche, Kelod für das Dämonische. Sitz der Götter ist auf Bali der Gunung Agung, die höchste Erhebung der Insel. Die Dämonen wohnen im Meer. Das Schicksal der Menschen: Sie leben genau dazwischen und müssen sich mit beiden Seiten gut stellen ...

Gläubige am Pura Tirta Empul: Das unweit von Gunung Kawi gelegene, der Legende nach von der vedischen Gottheit Indra im Kampf …

… gegen Dämonen gegründete Quellheiligtum gehört zu den beliebtesten Wallfahrtszielen auf Bali.

Nachdem die Gläubigen am Pura Tirta Empul gebetet haben, kehren sie in einer feierlichen Prozession zum nahen Dorf Tampaksiring zurück.

Während der – den Kampf der Götter gegen das Böse symbolisierenden – Galungan-Festlichkeiten werden wie hier in Penglipuran bei Bangli die Hauseingänge mit langen, verzierten Bambusstangen *(Penjor)* geschmückt, deren Spitzen sich unter dem Gewicht der daran hängenden, kunstvoll aus Palmblättern, alten Münzen und Früchten gearbeiteten Opfergaben zur Straßenmitte hin neigen.

Wasserfall bei Bangli: Neben dem Hinduismus bestimmen auch animistische Traditionen das spirituelle Leben der Balinesen. Ihnen zufolge hat alles in der Natur eine eigene Macht, die die Macht der Götter widerspiegelt – und die sich zum Guten wie zum Bösen nutzen lässt.

Eine breite Treppe führt hinauf zu den mit besonders schönen Steinmetzarbeiten geschmückten Eingangstoren des Pura Kehen – ein weitläufiger Tempelkomplex aus dem 11. Jh. in Bangli.

„Es gibt keinen Baum auf der Welt, den der Wind nicht erschüttert hat."

Hinduistisches Sprichwort

Vermittler zwischen den Welten

Auf Bali geben Kaja und Kelod auch in einem nichtspirituellen Sinn immer die Richtung vor. So wird der Hauptweg eines Dorfes stets vom Meer (bzw. „von unten") zu den Bergen („nach oben") verlaufen. Aber jetzt wird es erst einmal dunkel: Die „Elefantenhöhle", Goa Gajah, verschlingt den Besucher. Der Eingang ähnelt einem Elefantenkopf – obgleich es auf Bali nie Dickhäuter gegeben hat. Der Oberkiefer des Mauls bildet den Türsturz, der Unterkiefer die Türschwelle. Ist man drinnen, bewegt man sich symbolisch in einer anderen Welt: im Reich der Götter. Die Taschenlampe leuchtet nur schwach: Zu sehen ist eine etwa einen Meter hohe Figur mit vier Armen. Sie stellt den Elefantengott Ganesha dar, einen der Söhne Shivas. Dem Mythos zufolge kehrten Normalsterbliche aus dieser Götterwelt nicht wieder ins irdische Leben zurück. Möglich war dies nur den Schamanen als Vermittler zwischen der göttlichen und der irdischen Welt. Aber so ganz verstehen lässt sich das wohl nicht: Da glaubt man, der balinesischen Seele ein wenig näher gekommen zu sein, war Menschen wie dem malenden Reisbauern Wayan so nahe wie den Göttern bei einer rituellen Waschung, hat das Prinzip von Kaja und Kelod in groben Zügen verstanden – um dann sinnbildlich in einer Höhle zurückzubleiben.

WALTER SPIES UND DIE BALINESISCHE KUNST

„Da will ich hin“

Wie ein deutscher Maler und Musiker zum Förderer balinesischer Künstler wurde: Die Geschichte von Walter Spies, der das getan hat, wovon andere nur träumten.

Walter Spies mit der Bildhauerin Gela Forster auf Bali, ca. 1930. Rechte Seite: Balinesische Landschaft, Gemälde (o.J.) von Walter Spies

Walter Spies, geboren 1895 in Moskau als Sohn einer deutschen Kaufmanns- und Diplomatenfamilie, wuchs bis zu seinem 15. Lebensjahr in der russischen Hauptstadt auf, ehe er mit seiner Familie nach Dresden übersiedelte. Als er sich im Jahr 1923 als ungelernter Leichtmatrose nach Südostasien einschiffte, hatte er sich in Deutschland bereits einen Namen als Künstler gemacht. Seine erste Station war die Insel Java, wo er als Barpianist arbeitete, ehe ihn der Sultan von Yogyakarta zum Leiter seines nach westlichen Maßstäben geformten Hoftanzorchesters ernannte.

Walter Spies begeisterte sich für die lebendige Tradition der Gamelan-Musik, fand die Javaner „unglaublich schön“ und „aristokratisch“, während er die holländischen Kolonialisten für „flegelhaft, dumm, borniert“ hielt. Sein eigentliches Ziel aber war die östlich von Java gelegene Nachbarinsel Bali, von der er noch in Deutschland in einem Buch Fotos gesehen und erkannt hatte: „Da will ich hin.“ Als er wenige Jahre später tatsächlich nach Bali übersiedelte, wurde die Insel der Götter zu seinem persönlichen Paradies.

Alltag und Magie

Walter Spies, dessen Werk dem Magischen Realismus zugeordnet wird, war nicht der einzige Europäer, der in den 1920er-Jahren auf Bali Inspiration für sein künstlerisches Schaffen suchte. Nach ihm kamen u.a. der belgische Maler Adrien-Jean Le Mayeur de Merpres und der Holländer Rudolf Bonnet auf diese Insel. Und die Europäer ließen sich nicht nur selbst inspirieren – sie förderten auch einheimische Künstler. So gründete Walter Spies die Künstlervereinigung Pita Maha und errichtete in Ubud ein Haus, das zum Treffpunkt von Künstlern und Wissenschaftlern aus aller Welt wurde. Den Balinesen und ihrer Kultur begegnete er mit viel Verständnis und noch mehr Respekt. Er selbst war ein Multitalent, das nie mehr als fünf Bilder pro Jahr malte, weil er „immer tausend andere Interessen hatte“ – neben Musik, Tanz, Film, Literatur und Sprachen auch die Botanik. Charlie Chaplin gab bei ihm das Gemälde „Rehjagd“ in Auftrag, die US-amerikanische Ethnologin Margaret Mead war eine häufige Besucherin in seinem Haus auf Bali. Die Schriftstellerin Vicky Baum lebte sogar eine Zeitlang bei ihm und sagte später über Walter Spies: „Er hat das getan, wovon wir alle einmal geträumt haben.“

Kunst und Lebenskunst

„Kunst ist nicht einfach nur das, was die Menschen in Europa für Kunst halten. Kunst ist so viel mehr, es steckt in allem. Kunst sind Bilder, Skulpturen, Schnitzereien, aber auch ein Tanz, Schönheit, Ausdruck, Lifestyle, Religion, Spiritualität, kreative Mediation“, meint Agung Rai, der Besitzer des nach ihm benannten Agung Rai Museum of Art (ARMA) in Ubud, das herrliche Kunstwerke zeigt: Anmutig wandelt

Oben: Blick über die Dächer der Stadt mit dem Ubud Art Market. Unten: Künstler im Agung Rai Museum of Art (ARMA) in Ubud.

da eine Balinesin. Wie ein Wasserfall fließen Reisterrassen. Und das wohl um das Jahr 1930 entstandene Ölgemälde „Calonarang“ von Walter Spies scheint in die dunkelsten Bereiche der Mystik vorzudringen.

Agung Rais Familie war arm, der Vater ein einfacher Reisbauer. Agung durfte nicht einmal die Schule beenden und wurde fliegender Händler. Der heutige Galerist und Bewahrer von Walter Spies‘ Vermächtnis verkaufte die Gemälde von Freunden am Strand von Kuta. Der Erfolg blieb nicht aus, irgendwann begann er selbst Kunstwerke zu sammeln. Als er genug Geld zusammen hatte, kaufte er sogar Werke von Künstlern zurück, die in den 1920er- und 1930er-Jahren auf Bali gelebt hatten.

Der „Affentanz“

Als künstlerischer Berater und Choreograf eines erstmals 1933 in die deutschen Kinos gekommenen, bis heute sehenswerten Dokumentarfilms, „Die Insel der Dämonen“ von Friedrich Dalsheim, kreierte Walter Spies auf der Grundlage einer alten sakralen Trancetanzform *(Sanghyang)* einen neuen Tanz – den auch als „Affentanz“ bezeichneten Kecak. Ursprünglich ging es dabei darum, böse Geister und Dämonen zu vertreiben. Walter Spies erweiterte das Geschehen noch um die szenische Darstellung wichtiger Handlungsstränge des indischen Nationalepos Ramayana: Bis zu hundert nur mit einem Lendenschurz bekleidete männliche Tänzer bilden einen Kreis und symbolisieren das Gefolge von Hanuman: einer hinduistischen Gottheit in der Gestalt eines Affen. Mit Händen und Armen beschwörende Bewegungen ausführend, rufen sie in einer Nachahmung der Affenlaute „chak-a-chak-a-chak“ und geraten immer mehr in Trance, während im Inneren der von ihren Körpern geformten Bühne die Liebesgeschichte um das Prinzenpaar Rama und Sita ihren Lauf nimmt.

Vertreibung aus dem Paradies

Walter Spies lebte auf Bali lange wie in einem Garten Eden. Doch gegen Ende der 1930er-Jahre verschärfte sich zeitgleich mit dem Erstarken des Rechtsextremismus in Europa auch das gesellschaftliche und politische Klima im damaligen Niederländisch-Indien (dem unter niederländischer Herrschaft stehenden Vorgänger der Republik Indonesien).

Anfang 1939 wurde Walter Spies als bekennender Homosexueller festgenommen und zu einer achtmonatigen Gefängnisstrafe verurteilt. Nachdem im Mai 1940 deutsche Truppen die Niederlande besetzt hatten, wurde er abermals – diesmal als „feindlicher Ausländer“ – interniert und sollte im Januar 1942 mit anderen Gefangenen nach Bombay verschifft werden. Doch unterwegs versenkten japanische Bomber das Schiff westlich von Sumatra, Walter Spies starb zusammen mit mehr als 400 weiteren Internierten im Indischen Ozean.

Kunst & Literatur

Museen/Galerien:
Agung Rai Museum of Art (ARMA), Jl. Raya Pengosekan, Ubud, tgl. 9.00–18.00 Uhr, www.armabali.com/museum/; Museum Puri Lukisan, Jl. Raya Ubud, Gianyar, tgl. 9.00–18.00 Uhr, www.museumpurilukisan.com; Museum Rudana, Jl. Cok Rai Pundak, Mo.–Sa. 9.00–17.00 Uhr, www.museumrudana.org; Neka Art Museum, Raya Campuhan St., Kedewatan Village, Ubud Gianyar, www.museumneka.com, Mo.–Sa. 9.00–17.00, So. nur nachmittags; Seniwati – Gallery of Art by Woman, Jl. Sriwedari, Di.–So. 9.00–17.00 Uhr, www.seniwatigallery.com

Lesetipp:
Michael Schindhelm, „Walter Spies. Ein exotisches Leben“, München 2018

Ausstellung im Agung Rai Museum of Art (ARMA) mit Reproduktionen der Werke von Walter Spies, der über sich sagte: „Ich bin schon so oft in Vulkane gefallen, einmal mehr macht fast gar nichts aus."

Tabanan
Gianyar
Karangasem
Badung
Klungkung
G. Batukaru 2276
G. Agung 3142
UBUD
Bangli
Gianyar
Klungkung (Semarapura)
Tampaksiring
Tabanan
Mengwi
Sukawati
Padang Bai
Kusamba
Selat Badung (Badung Strait)
Teluk Amuk
Lembar (Lombok)
Maßstab 1:180.000
0
2
4km
1
2
3
4
5
6

Wo Julia Roberts die Liebe fand

Dank seiner zentralen Lage ist Ubud ein idealer Ausgangspunkt zur Inselerkundung. Ein schwimmender Tempel, in Felsen gehauene Königsgräber sowie rituelle Badeplätze locken den Reisenden. Von den Traumresorts im Ayung-Tal ganz zu schweigen.

1 Ubud

Schon in den 1920er-Jahren, als Künstler aus Europa und Amerika hier ihr ganz persönliches Paradies suchten, war **Ubud** TOPZIEL Balis kulturelles Herz. Heute ist es hier nicht mehr ganz so ursprünglich: Dichter Verkehr verstopft die Straßen, und mit Ausnahme des Nachtlebens steht Ubuds touristische Infrastruktur der im Süden kaum nach. Und doch gehört der Ort noch immer zu den Topspots der Insel – nicht erst seit der Bestsellerverfilmung „Eat Pray Love" mit Julia Roberts, die dort in der Rolle der Liz Gilbert die Liebe fand.

SEHENSWERT

Die meisten Sehenswürdigkeiten finden sich entlang der Hauptstraße, der **Jl. Raya Ubud**. Das gilt auch für den **Ubud Palace**, den zum Teil bis heute von Mitgliedern der ehemaligen Herrscherfamilie bewohnten Palast. Abends zeigt man hier auf einer von Fackeln stimmungsvoll erhellten Tempelbühne balinesische Tanzdramen. Mehrmals wöchentlich finden zudem im malerisch an einem Lotusteich gelegenen, der Göttin der Weisheit, der Gelehrsamkeit und der Künste geweihten **Pura Taman Saraswati** Tanzaufführungen mit traditioneller Gamellanmusik statt. Im **Monkey Forest** (siehe S. 48), dem Affenwald südlich des Stadtzentrums von Ubud, gibt es drei heilige Tempel, von denen der **Pura Dalem**, der Totentempel im Südwesten der Anlage, der bedeutendste ist: Neben den allgegenwärtigen Affen sorgen hier auch steinerne Tempelwächter dafür, dass keine Dämonen eindringen.

MUSEEN

Siehe „Kunst & Literatur" S. 58.

ERLEBEN

Mit **E-Bikes** durch Ubud und die Reisfelder der Umgebung, inklusive Besuch eines typischen balinesischen Hauses, eines Tempels und der Reisterrassen von Tegallalang (halber Tag, 17 Kilometer, www.greenbiketour.com).
Wer nicht in einem Spa-Hotel wohnt: Auch im **Bodyworks** gibt es hervorragende Behandlungen (www.ubudbodyworks.com).

EINKAUFEN

Der **Art Market** bietet einiges an Kunsthandwerk und viele Ideen für Souvenirs (Jl. Raya Ubud, tgl. 8.00–18.00 Uhr).

RESTAURANT

Im **€€€€ Ayung Terrace** sollte man donnerstags buchen, wenn das fantastische Büffet aufgefahren wird: Modern interpretiert, kann man kaum besser indonesisch essen. Wer einen Tisch am Rand bucht, sitzt quasi mitten im Regenwald auf Palmwipfelhöhe (Jl. Sayan, Tel. 0361 97 75 77, www.fourseasons.com/sayan).

Im Uhrzeigersinn von links oben: Besichtigung des Ubud Palace, Schulkinder an der Jl. Raya Ubud, Souvenirshop an der Jl. Raya Tegallalang.

Tipp

Kunsthandwerk

Südlich von Ubud beginnt die **Kunsthandwerkerstraße**, die bis vor die Tore von Denpasar reicht. Jedes Dorf, ist für ein Kunsthandwerk bekannt. Von Nord nach Süd beginnt die Straße mit den Holzschnitzern von **Mas**. In **Batuan** reklamiert man einen eigenen Malstil für sich, den in den Details besonders penibel ausgearbeiteten Batuan-Stil. **Sukawati** ist die Stadt der Schirmmacher und der Puppenspieler, in der die ledernen Figuren fürs Schattenspiel noch selbst hergestellt werden (Abb. unten). Gleich nebenan, in **Celuk**, werden exzellente Silber- und zuweilen auch Goldschmiedearbeiten angeboten.

In jedem Ort gibt es sehr gute Einkaufsmöglichkeiten für das jeweilige Handwerk. Aber gehen Sie nicht mit einem Schlepper in ein Geschäft: Das verteuert den Einkauf wegen der Provision!

HOTELS

Der seinen Weg durch ein tiefes Tal schneidende Ayung-Fluss ist bekannt für seine dramatische Schönheit. Ein Topresort nach dem anderen entstand hier, als hätte man Perlen an einer Schnur aufgereiht. Es gibt weltweit nur wenige Plätze im Landesinneren, die so paradiesisch sind und wo Resorts in solcher Qualität und Anzahl auf wenigen Kilometern Entfernung miteinander konkurrieren. Dabei wurden die Anlagen so geschickt in die Natur integriert, dass sie von außen kaum sichtbar sind. Jedes Resort hat ein Top-Spa, doch ansonsten gleicht keines dem anderen. Am besten gefallen haben das **€€€€ Four Seasons at Sayan**,

Oben links/rechts: am Quellheiligtum von Tirta Empul. Unten: Essensstand auf dem Nachtmarkt von Gianyar.

das **€€€ Kupu Kupu Barong** (siehe jeweils S. 114/115) und das **€€€€ Amandari** (www.aman.com). Interessant ist auch das **€€ ARMA** (www.armabali.com, siehe „Kunst & Literatur", S. 58), das nicht nur ein Museum, sondern auch ein schönes, traditionell gebautes und ausgestattetes Resort mit Zimmern und Villen sowie einem guten Restaurant ist.

UMGEBUNG

Als wogendes Meer aus den verschiedensten Grüntönen präsentieren sich die Reisterrassen bei **Tegallalang TOPZIEL** (12 km nördlich von Ubud) – am schönsten ist der Anblick am späten Nachmittag oder am frühen Morgen, wenn die Terrassen besonders stimmungsvoll von der Sonne illuminiert werden.

Wer von Affen nicht genug bekommen kann, besucht auch den Monkey Forest von **Sangeh**, rund 15 km nordwestlich von Ubud. Drei Affen-Gangs verwalten dort das Territorium, Grenzübertritte führen schon mal zu heftigen Auseinandersetzungen. Die nicht nur heiligen, sondern auch ziemlich dreisten – Langschwanzmakaken gelten als Nachfahren des Affenkönigs Hanuman aus dem indischen Nationalepos Ramayana. Vom Sangeh Monkey Forest ist es gerade mal 1 km in südöstlicher Richtung zum **Tanam Mumbul**, wo man ungestört ein rituelles Bad nehmen kann (beides tgl. 8.00–18.00 Uhr).

Goa Gajah, rund 5 km südöstlich von Ubud am Ufer des Petanu-Flusses gelegen, ist bekannt für seine Elefantenhöhle: Der Überlieferung nach soll sie bereits im 11. Jh. von Menschenhand in den Hang gegraben worden sein. Seit die in ihrem Inneren T-förmig angelegte Höhle im Jahr 1923 wiederentdeckt wurde, staunen die Besucher über die Gestaltung des Eingangs in Form des aufgerissenen Rachens eines gewaltigen steinernen Kopfes, der entfernt an einen Elefanten erinnert, aber vermutlich den Hindugott Shiva in seiner Inkarnation als Riese Pasupati darstellen soll. Dieser Eingang ist die eigentliche Attraktion, das Innere der als Heiligtum verehrten Höhle mit Phallussymbol und Ganesh-Statue für westliche Besucher weniger interessant.

INFORMATION

Tourist Information Centre, Jl. Raya Ubud, Tel. 0361 97 32 85, www.balitourismboard.org/ubud.html

2 Mengwi

Eine ganz besondere Adresse wird das für sich genommen eher unscheinbare Großdorf Mengwi – einst Sitz einer der mächtigsten Herrscherdynastien der Insel – allein durch den **Pura Taman Ayun TOPZIEL** (tgl. 9.00 bis 17.30 Uhr), den „Tempel des schwimmenden Gartens". Ursprünglich errichtet im Jahr 1634 und 1937 umfassend restauriert, erschließt sich sein Name erst bei näherer Betrachtung: Umgeben von einem mit Lotusblumen bewachsenen Wassergraben, erhebt sich die Anlage auf einer künstlich angelegten Flussinsel. Von außen betrachtet sieht es so aus, als würde der Tempel mit seinen bis zu elfstöckigen Pagoden auf dem Wasser schwimmen. Auch dieser Wassertempel ist Teil der zum UNESCO-Welterbe gehörenden Kulturlandschaft. Das Betreten des Allerheiligsten ist für Nicht-Hindus verboten, doch ein schmaler Weg führt um die nur hüfthohe äußere Tempelmauer und ermöglicht so interessante Blicke in das Innere der auf vier Ebenen angelegten Anlage.

INFORMATION

Direkt am Tempel, Jl. Taman Ayun, Tel. 0361 9 15 37

Die Reisterrassen von Tegallalang: fifty shades of green, von Mensch und Natur modelliert.

3 Gunung Kawi

Vor allem im milden Licht der frühen Morgenstunden versprühen die rund 1000 Jahre alten, am **Gunung Kawi** (www.penaka.com, tgl. 8–18 Uhr), dem „Berg der Poesie" genannten Hang einer malerischen Schlucht ins schwarze Tuffgestein gehauenen Felsmonumente einen geradezu magischen Reiz. Vermutet wird, dass es sich bei fünf der insgesamt zehn Schreine („Candi") um Gedenkstätten für die balinesische Herrscherfamilie dieser Zeit (11. Jh.) handeln könnte, vier weitere sollen Konkubinen und das zehnte möglicherweise einem hohen Beamten gewidmet worden sein.

4 Pura Tirta Empul

Bis heute versprechen sich Gläubige von einem Bad im kristallklaren Wasser des bereits im Jahr 926 gegründeten Quellheiligtums eine sowohl spirituell reinigende als auch körperlich heilende Wirkung (tgl. 8.00–18.00 Uhr).

5 Bangli

Als ehemals selbstständiges Fürstentum zehrt das charmante Marktstädtchen bis heute vom

Tipp

Tanz gegen böse Dämonen

Der Barong ist wohl der berühmteste balinesische Tanz. Dessen Hauptpersonen sind der das Gute verkörpernde Barong – eine von zwei Tänzern bewegte Löwenfigur – und die mit einer furchterregenden Maske verkleidete Hexe Rangda als das personifizierte Böse. Im Kampf von Gut gegen Böse sollen Dämonen vertrieben werden, wobei der Ausgang stets offen bleibt ...

Die schönste Performance des Barong-Tanzes sieht man in Batubulan (Abb. oben), etwa 15 km südl. von Ubud. Das hat sich auch bei den Reiseveranstaltern herumgesprochen, weshalb die Tänze auf deren Wunsch schon vormittags stattfinden (tgl. ab 9.30 Uhr, www.sahadewabarongdance.com).

einstigen Reichtum. Ein gutes Dutzend großer Tempel gibt es in Bangli, weshalb in keiner anderen balinesischen Stadt mehr Tempelfeste gefeiert werden als hier.

SEHENSWERT
Wichtigster Tempel der Stadt ist der an einem Hügel terrassenförmig in drei Stufen erbaute, rund tausend Jahre alte **Pura Kehen** (tgl. 9.00 bis 17.00 Uhr). In die Mauern der Eingangstore wurden chinesische Porzellanteller eingelassen. Ebenfalls einen Besuch wert ist südlich des Stadtzentrums der **Pura Dalem Penunggekan** mit schön gearbeiteten, die Bestrafung von Sündern und Missetätern drastisch in Szene setzenden Reliefs – außerhalb des Tempels findet sich der Kremationsplatz und ein chinesischer Friedhof.

UMGEBUNG
Wenige Kilometer nördlich von Bangli präsentiert sich **Penglipuran** als ein lebendiges Freilichtmuseum (tgl. 8.00–1700 Uhr), das dem Besucher Einblicke in das traditionelle balinesische Dorfleben gewährt.

INFORMATION
Tourist Office, Jl. Brigjen Ngurah Rai 30,
Tel. 0361 9 15 37

6 Gianyar

Gianyar ist die Hauptstadt des gleichnamigen Regierungsbezirks, zu dem auch Ubud gehört. In dem von einer fruchtbaren grünen Hügellandschaft umgebenen Ort lebte man lange unter dem Schutz mächtiger Fürsten, die im 17. und 18. Jh. über Gianyar herrschten. Heute gilt die Stadt als Zentrum der balinesischen Weberei und ist berühmt für ihren täglichen Nachtmarkt.

SEHENSWERT
Der im Jahr 1771 errichtete **Puri** (Palast) an der Längsseite des zentralen Platzes ist bis heute im Besitz der Fürstenfamilie und kann nur teilweise besichtigt werden, so etwa die Innenhöfe mit beeindruckenden Holzschnitz- und Steinmetzarbeiten. Der **Nachtmarkt** (Jl. Ngurah Rai, ca. 17.00–23.00 Uhr) ist ein Erlebnis für sich – und die beste Möglichkeit der Stadt, sich durch Balis Küche zu schlemmen (probieren Sie gegrilltes Huhn mit Süßkartoffeln oder Spanferkel am Spieß mit einer Würzfüllung aus Chili, Kurkuma, Knoblauch und Ingwer ...)

EINKAUFEN
Wer an Ikat interessiert ist – einer traditionellen Webtechnik, bei der das Garn schon vor der Verarbeitung abschnittsweise eingefärbt wird –, der findet in Gianyar einiges zur Auswahl. **Cap Togog** in der Jl. Astina Utara ist die älteste Weberei der Stadt mit einem besonders breiten Angebot.

INFORMATION
Tourist Office, Jl. Ngurah Rai,
Tel. 0361 9 34 01

Genießen Erleben Erfahren

DuMont Aktiv

Mit dem Kübelwagen durch Bali

Er hatte die Idee, und heute wird sie vielfach kopiert: Gery Nutz, ein in Mengwi lebender Österreicher mit indonesischem Pass, verheiratet mit einer Balinesin. Er zeigt den Touristen das versteckte Bali in einem offenen VW-Kübelwagen.

Da steht er: Ein einfacher geländegängiger Jeep, wie ihn auch die Bundeswehr im Fuhrpark hatte. Nur ließ Gery seine Kübelwagen quietschbunt lackieren, was inzwischen auch die Nachahmer machen. Jede von Gerys Touren beginnt in Mengwi am Pura Taman Ayun – und zwar am frühen Morgen, wenn der Tempel noch nicht so überlaufen ist. Dann geht's nordwärts nach Blakiu. Dort ist Markt: einer mit Reisfeldwürmern, Froschschenkeln, Kautabak und einer ohne Touristen bis auf jene, die Gery mitbringt. Der Österreich-Indonesier erklärt, wie eine Betelnuss gekaut oder wie die Schlangenhautfrucht geschält wird – und lässt seine Gäste auch gern mal probieren.

Für die Marktfrauen sind Gerys Kunden „Damu“ (Gast). Viele wollen fotografiert werden, manche halten die Hand vors Gesicht. Die Fahrt geht gemächlich vonstatten: mit 30 Kilometern pro Stunde auf unbeschilderten Wegen entlang sattgrüner Reisfelder zum Ayung-Tal, in Bergdörfer und in den Regenwald mit Pflanzenkunde. Zum Mittagessen wird ein Picknick aufgetischt: original balinesische Speisen, die seine Frau Kompiang am Morgen frisch zubereitet hat. Es gibt mariniertes Hähnchen, Fischsaté, Mi Goreng, gebratene Nudeln, und kandiertes Soja. Die Touren macht Gery schon seit 1988.

Weitere Informationen

In Ubud gibt es mehrere VW-Kübelwagen-Touren. Das Original ist Gerys Tagestour „Das versteckte Bali“ (60 Euro, weitere Infos und Buchung über www.balivwtour.com).

Pak Jonny und die Reifenpanne

Ein Münchner Metzger findet im Norden Balis seine große Liebe. Um den Bratan-See ist es hübsch ordentlich wie in einem gepflegten Garten. In Singaraja hatten die holländischen Kolonialherren ihren ersten Sitz auf Bali. Hinzu kommen traumhafte Reisterrassen und Balis bekanntester Tempel: Über den vergleichsweise wenig besuchten Norden und Westen der Insel gibt es viel mehr zu erzählen, als manche denken ...

Im schönsten Licht: der Pura Ulun Danu Bratan am Westufer des Bratan-Sees.

Ein bewegendes Erlebnis: auf Delfinbeobachtungstour vor der Küste von Lovina Beach.

„Jeder hat eine Liebesgeschichte in Bali."

Aus dem Kinofilm „Eat Pray Love" mit Julia Roberts

Am späten Nachmittag beginnen die gemütlichen Stunden im Dorfleben des nördlichen Bali. Man trifft sich am Straßenrand, macht Späße, opfert Kleinigkeiten aus dem viereckigen Reisstrohkörbchen – palavert und gebetet wird stets auf Balinesisch *(Basa Bali)*, das eine eigenständige Sprache ist und mit der Landessprache, dem Indonesischen *(Bahasa Indonesia)*, nichts gemein hat. Es sei denn, man trifft Pak Jonny ...

Ein Bayer auf Bali

Pak Jonny heißt eigentlich Magnus Bauch, betreibt in München eine Traditionsmetzgerei und ist mit seiner Frau Besitzer des besten Ferienresorts im Norden der Insel. „Pak" heißt „Herr", „Jonny" ging den Balinesen leicht über die Lippen – seinen richtigen Namen konnte damals keiner aussprechen, sagt Magnus Bauch. Damals war 1974. Da kam er, gerade mal achtzehn Jahre alt, erstmals nach Bali, um dort als Metzger zu arbeiten. Schon gleich nach der Ankunft begegnete er der jungen Balinesin Ida Ayu Parwathi, und wie die beiden zusammenkamen, wäre eine eigene Geschichte, für die an dieser Stelle leider kein Platz ist. Nur so viel: Es war Liebe auf den ersten Blick, und inzwischen sind die beiden schon seit bald einem halben Jahrhundert glücklich miteinander verheiratet.

Im Garten Eden

Das Matahari Beach Resort & Spa, das die beiden in Pemuteran betreiben, ist für Magnus Bauch inzwischen so etwas wie seine zweite große Liebe: die zum Nordwesten Balis nämlich, der von den Einheimischen „Tamal Bali" genannt wird, „Garten Eden". Als die beiden hierherkamen, war Pemuteran noch ein einfaches Fischerdorf ohne Strom und fließend Wasser, in dem etwa 800 Menschen lebten. Heute ist es eine prosperierende Gemeinde mit rund 9000 Einwohnern und einem 5-Sterne-Hotel, deren Betreiber von Anfang an Wert legten auf ein gutes Miteinander mit den Dorfbewohnern. So waren am Bau des Resorts keine Leiharbeitskräfte aus Java beteiligt, was erheblich billiger gekommen wäre, sondern ausschließlich Einheimische, die einen Großteil der Arbeiten mit reiner Muskelkraft bewerkstelligten – balinesische Wertarbeit bis hin zum Aushub von 800 Kubikmetern Erde für den Pool von Hand!

Heute geht es dem einstigen Fischerdorf sichtbar gut. Der Kindergarten und ein Seniorenheim wird von den beiden Hoteliers unterstützt, auch ein Versammlungshaus hat man der Gemeinde spendiert. Mehr als die Hälfte des „Matahari"-Personals stammt aus dem Ort – viele waren schon in den Anfangstagen dabei, als das Resort 1995 eröffnet wurde. Fragt

Das 5-Sterne-Resort Matahari Beach (alle Abbildungen auf dieser Seite) in Pemuteran verbindet exklusive Verwöhnwelten mit einer in allen Bereichen auf Nachhaltigkeit setzenden Philosophie.

Rechts: Rund um Munduk führen ungezählte Wanderwege durch den gezähmten Dschungel hin zu Plantagen und Seen sowie weiter nordöstlich zu Naturschönheiten wie den Banyumala Twin Waterfalls.

Unten: Wie der Danau Bratan entstand auch der weiter nordwestlich gelegene Danau Tamblingan vor Millionen von Jahren durch den Kollaps eines Urvulkans.

Links: Dichtes Urwaldgrün umgibt den See im Tumblingan Nature Recreation Park.

Nördlich von Bedugul, einem kleinen Bergdorf auf 1500 Metern Höhe, führt eine der landschaftlich reizvollsten Strecken Balis zu fantastischen Ausblicken wie hier auf die Seen Danau Buyan und Danau Tamblingan.

man Magnus Bauch, was für ihn in all den Jahren das Wichtigste war, das er auf Bali – neben seiner Frau, versteht sich –, kennenlernen durfte, so spricht er vom Tri Hita Karana, einer tief im Hinduismus verwurzelten Lebensphilosophie, die er so zusammenfasst: „Respekt vor der Natur, Respekt vor der Religion und Respekt vor den Menschen."

König der Löwen

Als vom Lautsprecher der Moschee im nahen Ortskern einige Koransuren durch das Dorf scheppern, wird einem wieder bewusst, dass der Respekt vor der Religion nicht nur eine meint, sondern viele: Mehr als 90 Prozent der Balinesen bekennen sich zum Hinduismus, aber es gibt auf der Insel auch Anhänger des Islam sowie Christen und Buddhisten.

Pemuteran gehört wie Amed und Lovina zu den ruhigeren Zielen an der Nordküste der Insel; die Strände aus dunklem Vulkansand, das vorgelagerte Riff und eine gute touristische Infrastruktur kennzeichnen den größten Urlaubsort im Norden. „Zimmer frei"-Hinweise an der Straße sind kein Indiz dafür, dass das Geschäft im Norden nicht läuft, sondern dafür, dass der Anteil deutscher Gäste an dieser Küste besonders hoch ist. Im „Matahari" beziffert man ihn sogar auf 40 bis 50 Prozent. Holländer sind kaum anzutreffen, aber in Singaraja (wörtl. „Löwenkönig") erinnern noch einige Bauten an die einstigen Kolonialherren: Die zweitgrößte Stadt Balis nach Denpasar liegt eingeklemmt zwischen Kaja und Kelod, zwischen Bergen und Pazifik, zwischen guten Göttern, denen die Kühle des Hochlands anscheinend behagt, und bösen Dämonen, die das weite Nass des Ozeans vorziehen. Von den Holländern im Jahr 1928 gegründet wurde in Singaraja auch die Gedong-Kirtya-Bibliothek, die unter anderem eine wertvolle Sammlung von (in die Blätter der Lontarpalme geritzten) Lontar-Schriften birgt.

> „Respekt vor der Natur, Respekt vor der Religion und Respekt vor den Menschen."
>
> Tri Hita Karana (hinduistische Lebensphilosophie)

Am heiligen See

Frühmorgens ist es im Hochland am Danau Bratan am schönsten: Wenn sich der Nebel lichtet und die ersten zarten Sonnenstrahlen auf das unergründlich blau schimmernde, spiegelglatt daliegende Gewässer scheinen, kann man verstehen, warum dieser von einer grandiosen Landschaft umgebene Bergsee (bzw. sein Wasser) den Balinesen heilig ist. Hauptort der Region, in der das Quecksilber selbst gegen Mittag nur selten über die 30-Grad-Marke klettert, ist Candi Kuning. Im See erhebt sich der Puru Ulun Danu Bratan, der „Tempel über der Quelle" – ein bedeutendes Pilgerziel für die einheimischen Gläubigen, die darin jenes spirituelle Zentrum sehen, das ihre Reisfelder mit Wasser versorgt, also den Reisanbau überhaupt erst ermöglicht.

Kunst im Feld

Einer der einsamsten Tempel wacht am Südhang des Gunung Batukaru, des mit 2276 Metern zweithöchsten Vulkanbergs (nach dem 3142 Meter hohen Gunung Agung) der Insel: Der Pura Luhur Batukaru wurde schon im 11. Jahrhundert erbaut und liegt wie verwunschen in einem

Am Hang des Gunung Batukaru ziehen sich die saftig-grünen Reisterrassen von Jatiluwih in die steilen Schluchten hinab.

scheinbar unberührten Stück Dschungel auf gut 800 Metern Höhe. Es ist kühl, das Moos riecht, Wolkenschwaden ziehen rasch vorüber. Manchmal geben sie ein Stückchen Berg frei. Nicht weit von hier entfernt sind Reisterrassen nicht einfach nur Reisterrassen. Da ist wahre Kunst im Feld zu sehen: Schon in grauer Vorzeit entstanden auf Bali sogenannte Subaks. Ursprünglich bezeichnete man damit nur die für den Nassreisanbau nötige Bewässerung der Reisterrassen mithilfe eines ausgeklügelten Systems von Dämmen und Kanälen. Da aber niemand eine solche Mammutaufgabe allein bewältigen kann, bildeten sich Kooperativen, die sich um die Organisation von Anbau und Ernte sowie um eine gerechte Verteilung des Wassers kümmerten. Etwa auf einem Viertel der Inselfläche wächst das Grundnahrungsmittel. Mit am schönsten anzusehen sind die Reisterrassenlandschaften rings um das Örtchen Jatiluwih, dessen Name als „ergreifende Schönheit" übersetzt wird.

Ein mühsames Handwerk

Was so hübsch zum Anschauen ist, ist in der Praxis nicht ganz so idyllisch: „Nassreisanbau ist sehr arbeitsintensiv", erläutert uns ein Subak-Bauer. „Nach der Aussaat auf einem recht trockenen Feld wird der Boden des späteren Reisfeldes mit Wasser durchmischt. Bis heute geschieht dies manchmal noch mithilfe der Wasserbüffel, aber immer häufiger mit technischem Hilfsgerät. Es folgt die Umsetzung der Setzlinge von dem trockenen Pflanzfeld in das geflutete Reisfeld – per Hand und in mühsamer gebückter Haltung. Dann muss das Feld weiter bewässert werden, ehe es knapp ein halbes Jahr später trockengelegt und schließlich abgeerntet wird." Auf die Frage, warum die Bauern ihre Enten auf die Felder führen, antwortet der Subak-Bauer lächelnd: „Um Ungeziefer zu vertilgen. Außerdem ist Entenmist ein hervorragender Dünger."

Touren in die stillen Bergdörfer im Nordwesten gehören zu den stimmungsvollsten und schönsten auf Bali. Jedenfalls, so lange man unterwegs keine Panne hat: Aber was sich zunächst wie Pech anfühlt, kann auch zum Glücksfall werden ...

Links: Auch die Distrikthauptstadt Tabanan ist von ausgedehnten Reisfeldern umgeben. In der Stadt selbst informiert ein Subak-Museum über die schwere Arbeit der Reisbauern und ihre Kooperativen, mit deren Hilfe sie das komplexe, nachweislich bereits seit dem Jahr 1071 bestehende Anbau- und Bewässerungssystem der Felder organisieren.

Mitte links/rechts: Reisbauern bei Sanda in der Nähe von Jatiluwih. Für den Nassreisanbau werden die Terrassen überflutet und in gleichmäßigen Abständen von Hand mit Jungpflanzen bepflanzt. Je nach Sorte stehen die Rispen mehrere Monte lang vollständig im Wasser.

Kräftezehrend für Mensch und Tier: Um den – bereits unter Wasser stehenden – Boden zu pflügen, setzt man wie hier in Jatiluwih noch Wasserbüffel, Ochsen und andere Zugtiere ein.

Balis einziger Nationalpark, der Taman Nasional Bali Barat, erstreckt sich bis an die Küste (links eine Fischerin, rechts Wanderer im Park).

Der Balistar *(Leucopsar rothschildi)* ist eine hochgefährdete Vogelart aus der Familie der Stare *(Sturnidae)*. Nur mit viel Glück bekommt man eines der seltenen Exemplare im Nationalpark zu sehen, ihrem ausschließlichen Verbreitungsgebiet.

Der auf fünf dicken Baumstämmen ruhende Bali Tower im Menjangan-Resort ermöglicht herrliche Blicke über das dunkle Grün des Nationalparks bis zum leuchtenden Aquamarin des Ozeans.

Al-Mubarok-Moschee in Gilimanuk: Anders als im übrigen, vorwiegend hinduistischen Bali stammt die Bevölkerung dieser Stadt vorwiegend von den Nachbarinseln Java und Madura und ist dementsprechend moslemisch geprägt.

Wo das Glück zu Hause ist

Die Situation: Wir haben einen Plattfuß, niemand versteht Englisch, und kein Dorf ist in Sicht.

Die balinesische Lösung: Zunächst wird einer herangeholt, der etwas Englisch versteht. Dann wird der Fremde versorgt, mit Obst und Reis.

Inzwischen ist unbemerkt jemand zur nächsten Werkstatt aufgebrochen. Etwa 30 Minuten später montiert ein wildfremder Mann wortlos den platten Reifen ab, nimmt ihn unterm Arm mit, um ihn eine knappe Stunde später repariert und voll gepumpt wieder anzuschrauben. Unterdessen hat man den Reisende bereits nach allem Möglichen ausgefragt: „Wo ist deine Frau? Hast du Kinder? Was arbeitest du? Wie gefällt dir Bali?

Die Reifenpanne kostet keine zehn Euro, inklusive den Moped-Transfers. Das Essen war eine Einladung – mit viel Vergnügen für die Einheimischen und recht kommoder, höchst amüsanter Wartezeit für den Reisenden, der sich schnell als Gast fühlt. Erst nach zähem Ringen wird eine kleine Spende für die Kinder akzeptiert. Und schließlich verlässt man den Ort mit einer weiteren, noch lange in den Ohren des Reisenden nachklingenden Frage:

„Warum gehst du so weit weg von zu Hause? Bist du dort nicht glücklich?“

Special

Gilimanuk

Im fernen Westen

Die Hafenstadt Gilimanuk ist Balis Tor zur indonesischen Hauptinsel Java. Bewaldete Berge geben der viel befahrenen Küstenstraße dorthin eine hübsche Kulisse.

„Alles Schlechte kommt aus Java“, sagt ein älterer, traditionell gekleideter Balinese unvermittelt in gutem Englisch. Bei Nasi Campur mit Blick gen Java erntet er von seinen Nachbarn klare Zustimmung für seine Worte an den reisenden Gast im Rumah Makan, einem kleinen Restaurant. Damit meine er nicht nur die islamistischen Terroristen, die vor Jahren für das Bombenattentat in Kuta verantwortlich waren, sondern auch den täglichen Müll im Meer, der vom Westen, also von Java, angeschwemmt wird, und so manche Benachteiligung Balis durch die Regierung in Jakarta: „Gäbe es die Hauptstraße nach Gilimanuk zum Hafen nicht, hätten uns alle hier schon längst vergessen“. Gleich darauf diskutiert man lautstark auf Balinesisch weiter.

Der Weg (nach Gilimanuk) ist das Ziel.

Die Hauptroute nach Gilimanuk führt meist an der Küste entlang und ist sehr stark befahren. Staus sind hier nicht selten, doch die Landschaftsszenerie rechts und links der Strecke ist wunderschön. Auf den Feldern kann man noch Wasserbüffeln bei der Arbeit zusehen. Kulturelle oder historische Anziehungspunkte sind dagegen Mangelware. Negara ist die einzig nennenswerte Stadt auf diesem Weg in den fernen Westen.

Die authentischsten Feste und Rituale

Von Göttern und Dämonen

Auf Bali unterscheidet man festlich begangene Riten für die Götter, die Ahnen und Hindu-Heilige, für persönliche Übergangsriten und zur Besänftigung bzw. Vertreibung von Dämonen. Eine kalendarische Übersicht mit exakten Terminen finden Sie u.a. hier: www.bali-indonesia.com/events-calendar.html

1 Odalan

Einer inoffiziellen Zählung zufolge werden auf Bali das ganze Jahr über weit mehr als tausend Feste und Feiern begangen. Am häufigsten sind die Tempelfeste, denn jeder einzelne feiert jedes Jahr wieder sein Odalan – die Wiederkehr des Tages seiner ersten Weihe, sozusagen das Geburtstagsfest des Tempels. Zunächst reinigen die Priester dafür den Tempel mit heiligem Wasser, ehe sie mit magischen Zeremonien die Götter herabbitten. Aufsteigender Weihrauch dient symbolisch als Himmelsleiter. Trommelschläge verkünden die Ankunft der Gottheiten und rufen alle Gläubigen, die in bester Festtagskleidung und mit den aufwendigsten Opfergaben herbeiströmen. Gefeiert wird jeweils mindestens drei, maximal zehn Tage. Am prächtigsten feiert man das Fest im Pura Besakih, dem „Muttertempel" aller balinesischen Tempel am Südwesthang des Gunung Agung.

2 Kecak

Bei diesem – in seiner heutigen Form von Walter Spies in den 1930er-Jahren auf Grundlage alter Traditionen inszenierten – „Affentanz" bilden bis zu hundert Männer mit blankem Oberkörper und Lendenschurz eine kreisförmige Bühne für die szenische Darstellung wichtiger Handlungsstränge des indischen Nationalepos Ramuyana. Manchmal wird nach dem Kecak- auch ein Feuertanz *(Sanghyang Jaran)* aufgeführt, bei dem einige Tänzer in Trance geraten und mit nackten Füßen durch einen Haufen glühender Kokosschalen laufen.

3 Pengabenan (oder Ngaben)

Für gläubige Hindus ist dies ein freudiges Ereignis: Mit der Leichenverbrennung wird die unsterbliche Seele vom vergänglichen Körper befreit. Allerdings sind die begleitenden Rituale und Festlichkeiten so aufwendig, dass sich nur die wenigsten eine Verbrennungsfeier gleich nach dem Tod eines Angehörigen leisten können. Deshalb werden die Verstorbenen oft erst einmal in der Erde beigesetzt. Häufig dauert es jahrelang, bis die Angehörigen genug Geld gespart haben, um den Leichnam exhumieren und verbrennen zu können. Nicht selten schließen sich dafür auch mehrere Familien zusammen um die Leichname der Angehörigen gemeinsam zu kremieren. Die eigentliche Verbrennung ist der Höhepunkt einer Reihe von komplexen Riten, die schon Monate vorher beginnt und erst Wochen danach beendet wird.

4 Bhatara Turun Kabeh

Der Legende nach steigen alle balinesischen Götter einmal im Jahr von den Höhen des Gunung Agung herab, um in den Schreinen des Pura Besakih zu wohnen. Dieses Ereignis feiern die Balinesen mit einem an Glanz und Gloria, Reichtum und Kreativität nicht zu überbietenden Fest. Übertroffen wird das Ganze nur vom Eka Dasa Rudra, einer alle hundert Jahre am selben Ort stattfindenden Opferzeremonie, bei der es um nichts Geringeres als um die symbolische Reinigung des Universums geht. Gefeiert wird das Fest jeweils an Vollmond im März/April, zwei Wochen nach dem balinesischen Neujahr *(Nyepi)*.

5 Galungan & Kuningan

Galungan ist der Jahrestag der Schöpfung der Welt – er leitet eine zehntägige Festzeit ein, die mit dem Kuninganfest endet. An diesem Jahrestag, der stets auf einen Mittwoch fällt, steigt der höchste Gott, Sangyang Widi, mit anderen Gottheiten und den Ahnen in die irdischen Tempel hinab, wo sie gefeiert und mit Opfergaben bedacht werden. Am elften Tag, dem Kuningan, steigen sie wieder zum Himmel empor. Vorbereitet wird diese Festzeit durch das Aufstellen langer Bambusstangen *(Penjors)* an den Dorfstraßen, deren Spitzen sich unter den daran aufgehängten Opfergaben zur Straßenmitte hin neigen.

6 Unabhängigkeitstag

Einer der ganz wenigen nicht religiös motivierten Gedenktage des Landes ist der 17. August, an dem ganz Indonesien seine im Jahr 1945 proklamierte Unabhängigkeit von den Holländern feiert. Es handelt sich also um einen politischen Gedenktag, was die Balinesen aber nicht davon abhält, auch ein quasi religiöses Fest daraus zu machen und den Göttern zu danken.

7 Nyepi

Das balinesische Neujahr ist ein Tag der Stille. Kein Fahrzeug ist zu sehen, kein Fußgänger. Alle Restaurants sind geschlossen, sogar der internationale Flughafen wird an diesem Tag dicht gemacht. Tags zuvor lärmten noch die Kinder durch die Straßen, brannten Knallkörper ab und zogen verkleidete „Monster" durch die Straßen, um die bösen Dämonen zu vertreiben. Mit dem darauffolgenden Tag in völliger Stille soll eventuell zurückkehrenden Dämonen vorgegaukelt werden, die Insel sei verlassen – weshalb sich eine Rückkehr nicht lohnen würde. Die Balinesen nutzen den Tag zur inneren Einkehr und zur Meditation – erst danach bestimmen wieder die üblichen Aktivitäten des Alltags das Leben auf der Insel. Die Balinesen begehen ihr Neujahrsfest im Frühjahr, zum Zeitpunkt der Tagundnachtgleiche. Am intensivsten erlebt man den Kontrast zwischen urbaner Alltagshektik und feierlicher Neujahrsstille in Denpasar. Die größte und eindrucksvollste Parade zur Vertreibung der Dämonen findet am Vortag in Seminyak statt.

LAUT BALI
(Bali Sea)
Selat Bali
(Bali Strait)
Maßstab 1:290.000
0 2 4km
Prapat Agung Peninsula
Taman Nasional
Bali Barat
JAVA
Gilimanuk
Ketapang
www.handaragolfresort.com
Taman Nasional Bali Barat
(Bali Barat National Park)
Buleleng
Jembrana
Tabanan
SINGARAJA
Sangsit
Jagaraga
Lovina
Kalibukbuk
Temukus
Seririt
Gerokgak
Busungbiu
Pupuan
Negara
Jambrana
Mendaya
Pekutatan
Melaya
Pengambangan
Tg. Pengambangan
Tg. Perancak
Danau Buyan
Danau Tamblingan
Danau Bratan
G. Batukaru
2276
Tg. Gondol
Tg. Sendang
Tg. Pulaki
Tg. Bedak
Pulau Menjangan

Bali für Entdecker

Die meisten Besucher der Insel halten sich vorwiegend im Süden auf – aber auch im Norden und Westen gibt es viel zu entdecken: nebelverhangene Regenwälder und Kraterseen, schmucke Wasserfälle und schwarze Strände, herrliche Tauchspots, pittoreske Reisterrassen und einen faszinierenden Nationalpark.

1 Rund um den Danau Bratan

Der von Bergregenwald flankierte See liegt auf rund 1200 m Höhe und ist wegen seines in ihn hineingebauten Tempels eines der meistfotografierten Motive Balis. Das Umland lockt mit wunderbaren Tagesausflügen.

SEHENSWERT

Fährt man vom Süden her kommend in das kühlere, häufig neblige Bergland am Danau Bratan hinauf, kommt man zunächst in das für seine Erdbeerfelder bekannte **Bedugul**. Größter Ort der Region ist **Candi Kuning**: Hier gibt es einen Markt, auf dem Blumen, Obst und Gemüse sowie meist billige Souvenirs verkauft werden. Direkt neben dem Markt liegt die Einfahrt zum Botanischen Garten, **Kebun Raya Eka Karya** (tgl. 8.00–16.00 Uhr, www.kebunrayabali.com), in dem Bäume, Sträucher und Pflanzen aus verschiedenen Regionen Asiens kultiviert werden. Hauptsehenswürdigkeit am bzw. im See ist der **Pura Ulun Danu Bratan**, ein im 17. Jh. ursprünglich auf zwei winzigen künstlichen Inseln und einer Landzunge errichteter hinduistisch-buddhistischer Wassertempel.

EINKAUFEN

Erdbeeren aus Bedugul: Sie schmecken zuckersüß und noch so richtig nach Erdbeere, eignen sich auch gut als Proviant für einen Spaziergang im Botanischen Garten.

ERLEBEN

Von Baum zu Baum hangeln kann man sich im **Bali Treetop Adventure Park** (www.balitreetop.com) im Botanischen Garten.

RESTAURANT

Direkt am See gibt es viel Mittelmaß. Auch das Warung **€ Puncuk Bagus** bietet nur einfache, aber gute Küche – und zudem einen erhabenen Platz auf einem Sockel über den beiden Kraterseen Buyan und Tamblingan (nur mittags, Jl. Raya Wanagiri, Tamblingan).

HOTEL

Die beste Adresse der Gegend liegt zwischen Bratan- und Buyan-See an einem Golfplatz: Das **€€ Handara Golf Resort** bietet moderne Zimmer, beste Bergblicke und ein gutes japanisches Restaurant mit Soba-Nudeln und Shabu-Shabu-Rindstückchen (Jl. Sukasada, Pancasari, Tel. 0362 342 26 46, www.handaragolfresort.com).

Blick auf den Puru Ulun Danu Bratan am Westufer des Bratan-Sees. Rechts: Marktstand in Bedugul, Gedong-Kirtya-Bibliothek mit Lontar-Schriften in Singaraja.

UMGEBUNG

Die beiden weiter nordwestlich gelegenen Seen **Danau Buyan** und **Danau Tamblingan** bildeten einst zusammen mit dem Danau Bratan eine gemeinsame Wassermasse, ehe sie als Folge vulkanischer Aktivität voneinander getrennt wurden. Die Gegend eignet sich gut zum Wandern – eine einfache Tour beginnt am Parkplatz des Danau Buyan und führt an dessem Südufer entlang zum kleineren Nachbarsee Danau Tamblingan (ca. 4 km, etwa 2 Std.) Wer die Höhenstraße noch weiter in Richtung Westen fährt, kommt nach **Munduk**, einem kleinen, attraktiven Bergort in rund 700 m Höhe, der nicht ohne Grund auch von den holländischen Kolonisatoren geschätzt wurde, die sich in dieser ländlichen Idylle gern ihre Wochenendhäuser errichteten, um sich dort von der Hitze in Singaraja zu erholen. In der überaus fruchtbaren Erde rund um den Ort gedeiht fast alles – für einen gewissen Wohlstand sorgen vor allem die Gewürznelkenplantagen. Deren Knospen liegen in vielen Höfen zum Trocknen aus, weshalb die Luft hier oft von süßlichem Duft erfüllt ist.

INFORMATION

Siehe Singaraja

2 Singaraja

Balis zweitgrößte Stadt nach der Inselkapitale Denpasar war bereits im 10. Jh. ein bedeutender Hafen mit Handelskontakten bis nach China und Indien und ist bis heute das wirtschaftliche und kulturelle Zentrum des Inselnordens mit zwei Universitäten. Der Name leitet sich von „Singa" für Löwe und „Raja" für König ab. Mitte des 19. Jh.s eroberten die Holländer die Stadt und machten sie zum Verwaltungszentrum ihrer kolonialen Provinz.

SEHENSWERT

Am Eingang zum Alten Hafen, dem **Bekas Pelabuhan**, erhebt sich das Unabhängigkeitsdenkmal **Yudha Mandala Tama**. Nebenan steht der im Jahr 1873 farbenprächtig errichtete chinesische Tempel **Ling Gwan Kiong**. Wichtigstes Heiligtum der Stadt und zugleich

der größte Tempel im Inselnorden ist der **Pura Agung Jagatnatha** in der Jl. Pramuka. Da er für Ausländer in der Regel nicht zugänglich ist, kann man seine Größe und die kunstvollen Verzierungen meist nur von außen bewundern.

MUSEEN
Im alten Palastgebäude (Sasana Budaya) in der Jl. Veteran birgt die **Gedong-Kirtya-Bibliothek** (Mo.–Do. 8.00–17.00, Fr. bis 12.00 Uhr) eine weltweit einzigartige Sammlung von (auf getrockneten Palmblättern aufgezeichneten, mit Schnüren zusammengehaltenen) Lontar-Schriften, darunter die ältesten schriftlichen Überlieferungen der Insel.

EINKAUFEN
Im zweistöckigen Hauptmarkt, dem **Pasar Anyar** in der Jl. Diponegoro, findet man fast alles.

RESTAURANTS
Die auf Stelzen in den Hafen gebauten **€ Garküchen** bieten gute indonesische Küche von sauer bis süß und gedämpft bis gegrillt, das sanfte Plätschern des Meeres ergibt eine angenehme akustische Kulisse.

HOTELS
Besser als in Singaraja selbst nächtigt man am Strand von **Lovina** (s. Umgebung), etwa im **€ Dolphin Hotel**: Fragen Sie nach einer Pool Access Suite, die gar nicht so viel teurer ist als die Standardzimmer (Jl. Raya Kalibukbuk, Lovina, Tel. 0362 415 62, www.dolphinhotelbali.com). Wer es luxuriöser haben möchte: Das Villa-Only-Resort **€€€ Damai** liegt im Hinterland mit Blick aufs Meer (Jl. Damai Kayu Putih, Lovina, Tel. 0813 38 43 77 03, www.thedamai.com).

UMGEBUNG
Rund 8 km östl. von Singaraja steht bei **Sangsit** der zu Ehren von Dewi Sri, der Göttin der Fruchtbarkeit und des Reisanbaus, errichtete **Pura Beji**; ein Subak-Tempel, dessen Eingang mythische Fabelwesen, Hexen, Dämonen und Schlangen bewachen. Von ihm führt ein kleiner Weg etwa 500 m in nordöstlicher Richtung weiter zum Unterwelttempel, dem **Pura Dalam Sangsit**, dessen Mauern u.a. mit erotischen Motiven verziert sind. Auf der Hauptstraße von Sangsit noch weiter in östlicher Richtung erhebt sich bei **Kubutambahan** der **Pura Meduwe Karang**: Berühmt ist der auf einer Anhöhe gelegene, über zwei von 34 Skulpturen aus dem Ramayana-Epos gesäumte Treppen zu erreichende Tempel für seine reich verzierten Wände, darunter das Relief eines Fahrrads, das einen Mann (vermutlich der im Jahr 1904 wohl als Erster die Insel per Rad erkundende holländische Künstler W. O. J. Nieuwenkamp) auf einem Fahrrad zeigt, dessen Hinterrad von einer Lotusblume geformt wird. Rund 10 km südl. von Singaraja rauscht im üppigen Dschungel Balis romantischster Wasserfall knapp 40 m in die Tiefe: **Gitgit** ist ein guter Platz für ein Picknick. Es stehen aber auch viele kleine Garküchen zur Verfügung. Der Sand von **Lovina Beach**, rund 10 km westl. von Singaraja, ist ein feinkörniger, grau-schwarzsandiger Küstenstreifen mit gemütlichen Feriendörfchen. Am Strand bieten Fischer Schnorchel- und Bootsausflüge an. Schön ist der Anblick der morgens in Küstennähe vorbeigleitenden Tümmler.

Links: Matahari-Resort in Pemuteran, Reisterrassen in Jatiluwih. Unten: Candi Bentar („Tor zum Licht") nennt man die gespaltenen Tore der Tempel wie hier am Südhang des Batukaru.

INFORMATION
Culture & Tourism Office, Jl. Kartini, Tel. 0362 213 42, www.indonesia-tourism.com/bali/singaraja.html

3 Pemuteran

Dank der ausgezeichneten Tauch- und Schnorchelreviere vor dem Ort und rund um die nahe **Pulau Menjangan** TOPZIEL (siehe Tipp, rechts) erfreut sich das einstige Fischerdorf Pemuteran zunehmender Beliebtheit.

SEHENSWERT
Der feinsandige **Strand** des Ortes ist schwarz, das Wasser ruhig und ideal zum Baden. Im Osten vorgelagert lockt ein natürliches, im Westen ein künstliches Korallenriff. Bei Letzterem handelt es sich um das weltweit größte und bislang auch erfolgreichste **Biorock-Projekt** zur Wiederaufforstung von Korallen (www.biorock-indonesia.com/project/pemuteran-bali/).

RESTAURANT
Der gegrillte Fisch im **€€ Pondok Sari** am Pemutaran Beach ist lecker. Alle Gerichte werden auf Wunsch auch direkt am Strand serviert (Tel. 0362 947 38, www.pondoksari.com).

HOTEL
„Matahari" bedeutet aus dem Indonesischen übersetzt „Auge des Tages": Gemeint ist die Sonne, die das in einen schönen tropischen Garten eingebettete 5-Sterne-Resort **€€€€ Matahari Beach** auch im übertragenen Sinne gut zu bestrahlen scheint. Jeder der 16 freistehenden Bungalows mit je zwei Wohneinheiten gleicht einer Schatztruhe einheimischer Handwerkskunst – das Matahari ist vielleicht das balinesischste Resort der Insel. Ein Platz für Urlauber, die die Ruhe inmitten herrlicher Natur lieben und auf einen Fernseher gut verzichten können. Sehr gutes Restaurant, Pool, opulentes Spa – etwas ganz Besonderes dort ist die Sechs-Hand-Massage (Jl. Raya Seririt, Tel. 0362 923 12, https://matahari-beach-resort.com).

UMGEBUNG
Balis Rebstöcke wachsen auf vulkanischem Boden vornehmlich östlich von Pemutaran bei **Gondol**. Aus den Trauben wird immerhin eine Million Liter Wein pro Jahr gemacht.

NFORMATION
Siehe Singaraja

Tipp

Schnorcheln und Tauchen

Eines der besten Tauchreviere Balis liegt in einem Wasserschutzgebiet rund um die unbewohnte Insel (Pulau) **Menjangan**. Idealer Ausgangspunkt für eine Erkundigung ist Pemuteran, von wo aus man mit dem Boot in einer schönen, nur etwa 30-minütigen Fahrt übersetzen kann. Tauch- und Schnorchelausflüge werden von vielen Hotels in Pemuteran angeboten; auch die inselweit agierende Bali Diving Academy, ein 5-Sterne-PADI-Tauchcenter unter europäischer Leitung mit deutschsprachigen Tauchlehrern, bietet Ausflüge an.

https://scubali.com

4 – 5 Negara und Umgebung

Die größte Stadt im Westen Balis, 4 **Negara**, hat sich ihren ursprünglichen Charakter noch weitgehend bewahrt, zu dem auch traditionelle Pferdekutschen, „Dokar" genannt, als Fortbewegungsmittel gehören. Mangels nennenswerter Sehenswürdigkeiten ist sie aber für die meisten Touristen nur eine Durchgangsstation. Lediglich in der Trockenzeit zwischen Juli und Oktober mischen sich neugierige Reisende unter die Städter, um den Bauern der Umgebung bei ihren traditionellen Wasserbüffelrennen *(Makepung Lampit)* zuzusehen.

UMGEBUNG
Etwa auf halbem Weg zwischen Negara und 5 **Gilimanuk** findet man nördlich von der Hauptstraße zwei religiöse Enklaven, in denen balinesische Christen leben. Jedes Dorf – die katholische Gemeinde in **Palasari** und die protestantische in **Belimbingsari** – hat eine Kirche, die Elemente der christlichen mit der balinesischen Bau- und Dekorationsweise kombiniert. So gibt es in Belimbingsari keine Kirchenglocke, sondern eine Signaltrommel aus einem ausgehöhlten Baumstamm *(kulkul)* wie in hinduistischen Tempeln, auch die Engel muten recht balinesisch an.

INFORMATION
Tourist Office, Jl. Jembrana,
Tel. 0365 410 60,
www.balitourism.nl/negaraeng.htm

6 Gunung Batukaru

Der 2276 Meter hohe Berg Batukaru (auch: Batukau) hüllt sich meist in Wolken und markiert eine verwunschen wirkende Gegend, die nur von wenigen Touristen besucht wird. Das Gleiche gilt für das auf einer Lichtung im Dschungel an seinem Südhang gelegene Bergheiligtum **Pura Luhur Batukaru**. Nur zum Tempelgeburtstag im März kommen alljährlich mehrere Tausend Pilger aus allen Ecken und Enden Balis – mit zahlreichen Touristen im Schlepptau.

RESTAURANTS
Entlang der gebührenpflichtigen Aussichtsstraße reihen sich einige einfache Warungs aneinander; das € **Dhea** bietet zudem einen tollen Blick auf die Reisterrassen.

UMGEBUNG
Nicht versäumen sollte man weiter östlich zu Füßen des Gunung Batukaru die Reisterrassen von **Jatiluwih** TOPZIEL, wohl die schönsten der ganzen Insel und Teil des bereits seit dem 11. Jh. bestehenden, unfassbar komplexen, zum Welterbe der UNESCO zählenden Anbau- und Bewässerungssystems der Insel.

INFORMATION
Siehe Singaraja

Genießen Erleben Erfahren

DuMont Aktiv

Im Reich der Hirsche

Der fast den ganzen Westen Balis bedeckende Barat-Nationalpark (auch Taman Nasional Bali Barat oder West Bali National Park), zu dem als Pufferzone noch das Unterwasserschutzgebiet rund um die Pulau Menjangan (Insel der Hirsche) gehört, ist ein Rückzugsgebiet für zahlreiche Tierarten, ein Biotop für Pflanzen und ein ideales Terrain zum Trekking – wenn man vor allem viel Natur und kaum andere Menschen sehen möchte.

Es ist heiß, das Hemd klebt auf der Haut. Der Weg ist meist flach, der Pfad schmal; ohne kundigen Begleiter wüsste man wohl schon bald nicht mehr, wo man ist. „In der Trockenzeit, ab Mai bis etwa Oktober", sagt unser Guide, „ist alles braun und vertrocknet. Fällt aber nur ein bisschen Regen, sprießt es sofort wieder überall". Der Park ist sein Territorium, seine Welt, die Touristen auch richtigerweise nur mit einem Guide betreten dürfen: Dieser macht den Nationalpark für einen Tag erlebbar. Er zeigt perfekt getarnte Tiere, an denen man sonst einfach vorbeistolpern würde, Blätter, die er zwischen den Fingern zerreibt, damit sie ätherische Öle freigeben, kleine Beeren, die als schmackhafter Zwischendurchsnack dienen.

Ab und an lässt sich ein Leguan blicken, diverse Affen sind ständige Begleiter. Mit Balzlauten lockt unser Guide Vögel heran. Dann taucht hinter einem Farn endlich ein Hirsch auf. Er ist einen Meter groß und trägt ein verhältnismäßig mächtiges Geweih. Glück gehabt!

Weitere Informationen

Der Barat-Nationalpark darf nur mit einem Guide besucht werden, zum Beispiel von „Bali Jungle Trekking", das ein Dutzend unterschiedlicher Tagestouren anbietet – meist schon ab 5.00 Uhr morgens (ab 110 €, inklusive Abholung vom Hotel: Jl. Anturan, Singaraja, Tel. 628 57 92 13 84 31, https://balijungletrekking.com).

Unterwegs im Nationalpark, zu dem auch die Pulau Menjangan (Insel der Hirsche) gehört.

Ohne Rituale kein Glück

Die balinesische Welt ist voller komplizierter Zeremonien. Trotzdem machen die Menschen im Alltag meist einen recht entspannten Eindruck. Wie geht das zusammen? Eine Reise durch den Osten verschafft Aufklärung.

Über dem Amed Beach erhebt sich der Gunung Agung, dessen formschöne Silhouette den gesamten Osten der Insel optisch dominiert.

NGERANJING
NGERANJING

Diese Seite von oben nach unten: Blick über das fruchtbare Hinterland des Danau Batur, in dem die Reisbauern ihre Ernte in geflochtenen Körben transportieren. Bedeutendstes Heiligtum der Insel ist der als „Mutter aller Tempel" verehrte Pura Besakih.

Linke Seite: Die aus dunklem Lavagestein errichteten Bauten des Pura Ulun Danu Batur gruppieren sich um einen elfstufigen Meru, der Dewi Danu, der Göttin der Seen und Flüsse, geweiht wurde.

Schon bei der Geburt trennt ein Priester (keine Hebamme) in einer rituellen Handlung die Nabelschnur ab und segnet das Neugeborene, um es vor den Dämonen zu schützen. Nach einem Monat und sieben Tagen wird dem Säugling ein temporärer Name gegeben. Diesmal geht es darum, die Dämonen zu verwirren: „So werden die bösen Geister abgehalten, vom Kind Besitz zu ergreifen", sagt Ayu, die an den Wochenenden im Spa eines Luxushotels arbeitet und das moderne Leben genauso kennt wie die balinesische Tradition. Nach drei Monaten bekommt das Kind seinen wirklichen Namen, sechs Monate nach der Geburt wird es erstmals auf den Erdboden gesetzt, und der Priester blickt in seine Zukunft. Ayu glaubt, dass alle diese Rituale für das Kind lebensbestimmend sind: ohne Rituale kein Glück, ohne Glück kein gutes Leben.

Der Fokus ist klar gesetzt. „Meine Eltern haben mir beigebracht, ein randvolles Glas Wasser beim Gehen zu tragen, ohne dass auch nur ein Tropfen verloren geht", erzählt Ayu. „So lernt man, sich ganz auf etwas zu konzentrieren". Dieses Etwas ist nichts Geringeres als das Leben.

Das balinesische Lächeln

Nach dem Eintritt in die Pubertät markiert die traditionelle Zahnfeilzeremonie den Übergang vom Kind zum Erwachsenen. Sie wird ohne irgendeine Betäubung vollzogen: Die Nerven liegen blank, bis die Zähne wieder von Schmelz umschlossen sind. „Mittlerweile gibt es aber auch Priester, die eine Feilung nur andeuten", sagt Ayu. Wer tatsächlich gefeilt wurde, ist sein Leben lang erkennbar an einem ebenmäßigen Lächeln. Und wer noch dazu in Besakih das Ritual erlebte, zeigt sein balinesisches Lächeln besonders stolz: Der an der Südwestflanke des als Sitz der Götter geltenden Vulkans Gunung Agung auf über 900 Metern Höhe gelegene, mehr als tausend Jahre alte Pura Besakih ist der wichtigste und heiligste Tempel auf der Insel. Genau genommen handelt es sich bei der terrassenförmigen Anlage-

Wer wissen möchte, wie die balinesischen Ureinwohner lebten, kann sich in Tenganan einen Eindruck davon verschaffen: Das Bergdorf ist die Heimat ihrer Nachfahren, der Bali Aga, die bis heute nach eigenen Regeln leben.

Rechts: Jugendliche bei den Vorbereitungen für ein Dorffest.

Die sich selbst als „Lieblinge der Götter" sehenden Bali Aga bewirtschaften ihre Felder nicht selbst, sondern verpachten diese an die „normalen" Balinesen aus den Nachbardörfern. So bleibt ihnen Zeit und Muße, sich ganz der Bewahrung alter Traditionen und Handwerkskünste widmen zu können.

Jungen und Mädchen werden bereits im Alter von etwa acht Jahren in eine Gruppe eingeteilt, die nach einem Übergangsjahr die Erziehung zum vollwertigen Mitglied der Gemeinschaft übernimmt.

Der – heute offiziell verbotene – Hahnenkampf war ursprünglich ein religiöses Ritual; der im Kampf getötete Hahn wurde dem Gott Shiva geopfert.

Der Brauch stammt noch aus vorhinduistischer Zeit: Das Blut, das beim Hahnenkampf in die Erde floss, sollte die Dämonen besänftigen.

Special

Bei den Bali Aga in Tenganan

Im Dorf der Ureinwohner

Die Einwohner des Bergdorfs Tenganan verstehen sich als Nachkommen der balinesischen Ureinwohner, die direkt vom Gottkönig Indra abstammen sollen.

Im Tempel um Nachwuchs zu bitten, ist für die isoliert lebenden Bali Aga undenkbar, die Leichname der Toten zu verbrennen ebenfalls. Auch das Heiraten eines Partners, der nicht aus ihrer von einer Mauer umgebenen, für Autos gesperrten Dorfgemeinschaft stammt, war lange verboten. Wer sich nicht daran hielt, musste sich in einem außerhalb gelegenen Dorf ansiedeln. Die Folge war allerdings ein drastischer Bevölkerungsschwund: Heute erhalten Angeheiratete von außen ein Bleiberecht, sofern sie sich einer rituellen Scheinkremation unterziehen, um symbolisch als Bewohner von Tenganan wiedergeboren zu werden.

Innerhalb der Mauern des Dorfs herrscht eine Mischung aus Patriarchat und kommunistischer Verwaltung: Einen Landbesitz kennt nur die Gemeinde, der erwirtschaftete Profit wird unter allen Mitgliedern aufgeteilt. Diese können sich somit ganz der Pflege eines komplizierten Ritualsystems und der Bewahrung alter Traditionen und Künste widmen.

Schöne Souvenirs: Aufwendig hergestellte Palmblattmanuskripte in Tenganan.

Einlass ins Dorf nur gegen eine Spende. Nachts werden die Tore geschlossen. Es gibt keine Übernachtungsmöglichkeit.

mit ihren mehrstufigen Tempeltürmen, offenen Pavillons und Schreinen um eine ganze Tempelstadt mit mehr als 200 Gebäuden, in der alle Fürstengeschlechter ihren eigenen Bezirk, Familien und Dorfgemeinschaften sowie die Gilden klassischer Berufe ihren eigenen Bereich haben – mindestens einen Schrein. Einmal im Jahr, an Vollmond im März/April, zwei Wochen nach dem balinesischen Neujahr, kommt es hier beim Bhatara-Turun-Kabeh-Fest zu einem großen Treffen der Götter. Am größten aber sind die Feierlichkeiten, wenn alle hundert Jahre das Eka-Dasa-Rudra-Fest gefeiert wird, bei dem es um nichts Geringeres geht, als das gesamte Universum mit Gebeten und Opfergaben symbolisch zu reinigen.

Ein göttliches Zeichen?

Dass mit den Göttern nicht zu spaßen ist, zeigte sich im Jahr 1963. Wohl aus politischen Gründen hatte man entgegen der Warnungen religiöser Gelehrter den Termin für das Eka-Dasa-Rudra-Fest auf dieses Datum vorverlegt. Die Vorbereitungen waren bereits in vollem Gang, als die ersten Rauchwolken aus dem Krater des Vulkans kamen. Am 12. März stieß der bis dahin für erloschen geglaubte heilige Berg Felsbrocken und Schlamm aus; am 17. März wälzten sich Lavaströme die Bergflanken hinab und vernichteten ganze

Auch über den schmucken Reisterrassen von Sidemen thront Balis vulkanisches Herz, der Gunung Agung.

Landstriche im Osten Balis. Mehr als tausend Menschen verloren bei dieser Naturkatastrophe ihr Leben. Aber wie durch ein Wunder teilte sich die auf den Pura Besakih zuströmende Lava rechtzeitig in mehrere Seitenarme, sodass das bedeutendste Tempelheiligtum der Balinesen größtenteils unversehrt blieb ...

Harmonie ...

Ein wesentlicher Punkt im Glauben der balinesischen Hindus bezieht sich auf die Lehre der Reinkarnation. „Ein gutes beziehungsweise schlechtes Karma, das während des Lebens angesammelt wird, bestimmt die Art der Wiedergeburt", erklärt Ayu. Es gilt auch ein Kastensystem, doch die damit verbundene soziale Trennung ist im balinesischen Alltag weniger bedeutend als in Indien. So gibt es auf Bali keine Kaste der „Unberührbaren", selbst die Heirat von Mitgliedern unterschiedlicher Kasten ist hier kein Tabu. Grundsätzlich geht es in der tief in der Religion verankerten balinesischen Kultur um das Streben nach einer Harmonisierung von Gegensätzen, nach einem Ausbalancieren göttlicher und dämonischer Kräfte. In der Praxis wirkt das manchmal so, als drehe sich ein balinesisches Leben permanent um Schadensbegrenzung: Am Haustempel der Familie opfert Ayu täglich für ihren Mann, die Kinder, Oma, Opa, die Verwandten, um sie vor Krankheit und anderem Unglück zu schützen. Sie opfert für das schöne Geschäft, das ihr Mann führt, dass es weiterhin gut Geld abwirft. Sie opfert für ihre Hühner, die der Familie Fleisch und Eier bringen. Sie opfert sogar für ihr Moped, damit es sie auch weiterhin sicher von Ort zu Ort bringt. Sie opfert kleine Kunstwerke aus Bananenblättern, Reis, Obst, Räucherstäbchen und an besonderen Tagen sogar etwas Fleisch, um die Götter und Dämonen sanftmütig zu stimmen ...

... und Schadensbegrenzung

Die Einwohner der einzigen nicht überwiegend muslimisch geprägten Insel Indonesiens zelebrieren ihre Riten mit einem für Fremde völlig undurchsichtigen Geflecht aus hinduistischen, buddhistischen und animistischen Einflüssen. Auch Ayu muss ihre Eltern stets nach Details fragen – aber nicht zu opfern käme ihr nie in den Sinn: „Das würde ja Unglück, Krankheit, vielleicht den Tod mit sich bringen!" – Im Umkehrschluss bedeutet das: Opfern bringt Glück, Gesundheit und ein langes Leben. Wahrscheinlich beruht darauf auch die innere Ruhe und Ausgeglichenheit der Balinesen. Äußere Einflüsse spielen dabei kaum eine Rolle. Es sei denn man fährt nach Penelokan, das – sinngemäß übersetzt – eine schöne Aussicht verspricht.

Nur Bares ist Wahres

Wunderschön ist dann auch der Blick auf die Caldera, den Kratersee und den daraus aufsteigenden Vulkankegel des Gunung Batur. Eher unschön sind jedoch die Szenen, die sich regelmäßig in dem am Kraterrand gelegenen Ort Penelokan zwischen Einheimischen und Touristen abspielen. Fast immer, wenn es ums Geld geht – ob mit einem örtlichen Fremdenführer, beim Transport oder schlicht beim Einkauf – wird gern mehr verlangt, als zunächst annonciert wurde. Auf der ganz normalen Landstraße verlangen die Dörfler eine Maut. Guides aus anderen Gegenden Balis sind ungern gesehen, und Bustouristen, die nichts von den aggressiv

Opfern bringt Glück, Gesundheit und ein langes Leben.

Gläubige am Pura Goa Lawah, dem Fledermaustempel. Er markiert den Eingang zu einer Höhle, die den Balinesen heilig ist.

Auslegerboote am Strand von Padang Bai, einem überschaubaren, auch als Zwischenstation auf dem Weg nach Lombok dienenden Hafenort.

Fischerei und Salzgewinnung sind die Haupterwerbszweige im Dorf Kusamba, an dessem Strand ebenfalls Auslegerboote liegen. Und hier wie überall auf Bali gehören Opfergaben zum täglichen Bild.

Rechts: Südlich von Amlapura (Karangasem) erstreckt sich der hellsandige Virgin Beach.

Mitte links: In der Kerta Gosa, der ehemaligen Gerichtshalle von Semarapura (Klungkung), tagte einst das oberste Gericht aus Brahmanen und Adligen, wenn der jeweilige Fall nicht zuvor in der Dorfversammlung gelöst werden konnte.

Mitte rechts: Steinerne Fabelwesen zieren den Taman Tirtagangga, den dreistufig angelegten Wassergarten bei Amlapura.

Spuren im Sand: am Virgin Beach südlich von Amlapura.

Im Schatten des Vulkans: Am Amed Beach lässt sich abends mit Blick auf die Bucht und den heiligen Feuerberg Gunung Agung stimmungsvoll dinieren.

auftretenden fliegenden Händlern erwerben, werden regelrecht beschimpft. Wenn es ums Fotografieren geht, reicht anderenorts meist ein freundlicher Blick oder eine kleine Geste, um die Zustimmung dafür einzuholen. Doch in Penelokan gilt das Motto: „Nur Bares ist Wahres".

Wie gut, dass man dem Ort auch aus dem Weg gehen kann. Auf Sehenswürdigkeiten – von der schönen Aussicht mal abgesehen – muss man hier sowieso verzichten: Es gibt keine. Und für den Ausblick von oben bleibt immer noch das Bergdorf Kintamani als Alternative: Die Sicht zum Gipfel des Vulkans hinauf wie zum Kratersee Batur hinab lässt sich mit der von Penelokan durchaus vergleichen. Und hier darf auch jeder in aller Ruhe seine Fotos machen.

Zwischen Himmel und Hölle

Unsere letzte Station ist Klungkung, dessen bereits im Jahr 1995 eingeführter offizieller Name (Semarapura) bis heute kaum geläufig ist. Die Stadt wirkt ein bisschen wie ein Klein-Denpasar des Ostens. Die Einheimischen erledigen dort allen möglichen bürokratischen Kram, Bank- und andere Geschäfte, oder sie steigen hier auch nur einfach um. Touristen verirren sich nur wenige hierher, da es mit Ausnahme einer gepflegten Fürstenresidenz, Taman Gili mit seinem schwimmenden Pavillon, und der ehemaligen Gerichtshalle Kerta Gosa keine nennenswerten Sehenswürdigkeiten gibt. Letztere lohnt aber durchaus einen Stopp in Klungkung: Die Halle entstand um die Mitte des 18. Jahrhunderts und zeigt in Form von Deckengemälden auf viel drastischere Weise, als jede Gesetzestafel das könnte, welch höllische Strafen verurteilte Delinquenten zu erwarten hatten: Diebe werden in siedendem Öl zu Tode gequält, Huren enthauptet, Ehebrechern brennt man die Genitalien ab. Zu sehen sind aber auch die Freuden des Paradieses für diejenigen, die sich im Leben an Recht und Ordnung halten. Und an die nötigen Rituale, ohne die es das balinesische Glück nicht gäbe.

ALLTAG UND RELIGION

Ein Kosmos für sich

Auf Bali ist das ganze Leben vom Glauben durchdrungen – selbst in den großen Touristenzentren. So vermessen es wäre, anzunehmen, man könne diesen Glauben als Außenstehender in all seinen Facetten verstehen, so gebietet es doch der Respekt vor der Religion, sich zumindest einen ersten Überblick zu verschaffen.

Im Kreislauf der Wiedergeburten: Mitglieder des Herrscherhauses von Blahbatuh während der Kremationsfeierlichkeiten für Ida I Gusti Ngurah Djelantik XXIV.

Die meisten Balinesen bekennen sich zur synkretischen Hindu-Dharma-Religion – einer Mischung aus Animismus, Buddhismus und Hinduismus mit dem Kreislauf der Wiedergeburt (Samsara) als zentralem Element und dem Glauben an eine beseelte Natur. Über allem steht die Vorstellung von einem geordneten Kosmos, in dem alles – Menschen, Tiere, Pflanzen, Dinge – seinen festen Platz hat. Die Kraft, die diese Ordnung aufrechterhält, nennt man Dharma. Ihr gegenüber steht eine andere Kraft, Adharma, die diese Ordnung zerstören und den Kosmos ins Chaos stürzen könnte. Allerdings gibt es in diesem Widerstreit der Kräfte keinen „Gewinner“: Da beide unauflösliche Bestandteile des Universums sind, kann keines „besiegt“ und eliminiert werden. Stattdessen geht es um einen Idealzustand, bei dem sich beide Kräfte im völligen Gleichgewicht befinden.

Der Mensch als Mikrokosmos

In diesem dualistischen Weltbild steht der Mensch zum einen zwischen den ordnenden und den zerstörerischen Kräften des Kosmos, zwischen Göttern und Dämonen. Zum anderen verkörpert er als Teil des Universums einen eigenen Mikrokosmos, trägt also Dharma und Adharma auch in sich selbst und strebt in seinem Karma (seinen Taten) danach, für ein möglichst ausgewogenes Verhältnis zu sorgen: Auf diese Weise leistet er seinen individuellen Beitrag zur kosmischen Ordnung.

Im Gleichgewicht der Kräfte

Anders als im indischen Hinduismus kommt es auf Bali also nicht darauf an, gute Taten zu sammeln, sondern darum, sich im Gleichgewicht der Kräfte angemessen zu verhalten. Wie gut das gelingt, bestimmt die Zukunft der unsterblichen Seele, Atman. Denn: Der Mensch hat die Wahl und trägt die Folgen seiner Handlungen.

Gebet, Opfer und Ritual

Das höchste Ziel im Kreislauf der Wiedergeburt ist letztlich die Befreiung der Seele durch das Erreichen eines Zustands, den man „Moksha“ nennt und bei dem die Seele frei ist von jeglichem Verlangen. Bis es soweit ist, bleibt es das vornehmliche Ziel jedes Gläubigen, durch Gebet, Opfer und Ritual stets das Gleichgewicht der gegensätzlichen Kräfte anzustreben bzw. aufrechtzuerhalten.

Im Uhrzeigersinn von links oben: Tempelzeremonie in Kuta, eine Manifestation der Schlangengottheit Naga im Fledermaustempel Goa Lawah und ein löwenartiger, den König der guten Geister im Kampf gegen die böse Hexenkönigin Rangda personifizierender Barong im Pura Dalem Alas Arum in Batuan.

Andere Länder, andere Sitten

Zum Respekt vor den Andersgläubigen gehört es, sich auch als reisender Gast an die entsprechenden Sitten und Gebräuche des Landes zu halten:

Allzu freizügige Kleidung gilt als anstößig. Auch als Mann mit bloßem Oberkörper unterwegs zu sein, ziemt sich nicht.

Berühren Sie niemals einen Einheimischen am Kopf: Der Kopf wird als Sitz der Seele angesehen und gilt deshalb als heilig.

Überreichen Sie nichts mit der linken Hand, sondern nur mit der rechten. Die linke Hand gilt als unrein.

Sprechen Sie niemals mit den Händen in die Hüften gestemmt: Das gilt als Zeichen der Verachtung und der Aggression.

Ziehen Sie vor dem Betreten einer Moschee stets die Schuhe aus.

Bedecken Sie beim Besuch eines Tempels oder einer Moschee Schultern und Knie. In allen Tempeln erhalten Sie gegen eine kleine Spende einen Tempelschal bzw. eine Schärpe und einen Wickelrock (Sarong).

Nehmen Sie keinen höheren Platz ein als der Priester (etwa bei Festen, um zu fotografieren).

Bedenken Sie stets: Mit Geduld, Ruhe und einem Lächeln kommen Sie immer weiter als mit Wut und Zorn.

Laut Bali
(Balisea)
Selat Lombok
(Lombok Strait)
Maßstab 1:290.000
0
2
4km
Karangasem
Bangli
Gianyar
Tabanan
Amlapura
(Karangasem)
Klungkung
(Semarapura)
Candidasa
Padang Bai
Kubutambahan
Tejakula
Tianyar
Kubu
Tg. Muntik
Amed
Culik
Abang
Bebandem
Selat
Kintamani
Penelokan
Danau Batur
G. Batur
G. Abang
G. Agung
3142
Pura Besakih
Danau Bratan
Danau Buyan
Bedugul
Baturiti
UBUD
Tampaksiring
Payangan
Sembung
Blahkiuh
Mengwi
Gili Selang
Gili Biaha
Gili Mimpang
Gili Kambing
Teluk Amuk
Tg. Bungkulan
Tg. Sanih
Tg. Gulan
Tg. Ngis
Tg. Tekurenan
Gilis (Lombok)

Am Sitz der Götter

Der heiligste (und höchste) Berg der Insel liegt im Osten, genauso wie der heiligste Tempel der Balinesen. Doch hier kann man auch profane Inselausflüge und Mopedtouren machen, schöne Strandtage einplanen oder einen mystischen See besuchen.

1 Klungkung (Semarapura)

Der Regierungssitz der gleichnamigen Provinz heißt seit 1995 offiziell Semarapura. Allerdings wird weiterhin sogar auf vielen Karten der alte Name Klungkung verwendet.

SEHENSWERT

Im Zentrum der Stadt erstreckt sich mit dem **Taman Gili** eine etwa die Umrisse der ehemaligen Fürstenresidenz einnehmende Parkanlage. Der gesamte Dachstuhl der einstigen, im frühen 18. Jh. errichteten Gerichtshalle **Kerta Gosa** ist ausgemalt. Besonders eindringlich sind die Motive, die den Angeklagten auf drastische Weise vor Augen führen, welche Strafen auf einen verurteilten Verbrecher warten (Jl. Taman Gili, tgl. 8.00–17.00 Uhr).

RESTAURANT/HOTEL

Auf dem € **Nachtmarkt** weiter nördlich kann man seinen Hunger an diversen Garküchen stillen (Ecke Jl. Gajah Mada/Jalan Besakih).
Wer hier strandet oder nicht weiter möchte: Im € **Tower Hotel** im Zentrum findet man eine ordentliche Unterkunft mit Restaurant (Jl. Gunung Rinjani, Tel. 0366 256 37). Ansonsten fährt man besser ins 25 Kilometer entfernte Candidasa.

UMGEBUNG

Die Reisterrassen von **Sidemen**, gut zehn Kilometer nördl. der Stadt, gehören zu den schönsten auf Bali. Auch Walter Spies malte diese Landschaftsszenerie. Im Fischerdorf **Kusamba** geht man nach wie vor noch seinem traditionellen Handwerk nach, außerdem versteht man sich hier auf die Gewinnung von Meersalz. Hier legen auch kleine Boote zur Insel **Penida** ab.

INFORMATION

Tourism Office, Jl. Surapati, Tel. 0366 2 14 48, www.balitourismboard.org

2 Padang Bai

In diesem kleinen, in einer geschützten Bucht liegenden Stranddorf gibt man sich gern dem Müßiggang hin – ein Großteil der Einwohner lebt aber auch immer noch ganz traditionell vom Fischfang. Zudem ist Padang Bai der wichtigste Fährhafen Balis zu den weiter östlich gelegenen Inseln.

Im Uhrzeigersinn von oben: Der Pavillon (Bale Kembang) im Taman Gili und eine Darstellung in der Kerta Gosa von Klungkung (Semarapura), Verkäuferin an einem Marktstand in Kusamba.

SEHENSWERT

Der **Pura Silayukti** stammt aus dem 11. Jh. Nördlich und südlich davon liegen zwei weitere Tempel, **Pura Telagamas** und **Pura Tanjung Sari**. Auf dem Weg zu ihnen kommt man am **Dorfstrand** vorbei, wo man trotz der vielen handbemalten Fischerboote gut baden kann.

RESTAURANT

Direkt am Meer gibt's gegrillten Fisch oder Meeresfrüchte im einfachen Warung €€ **Ibu Jero** (Jl. Segara, Tel. 0812 36 32 73 65).

UMGEBUNG

Etwa 500 m nordöstlich der Dorfbucht findet man den recht idyllischen **Blue Lagoon Beach** mit seinem feinen, hellen Sand und dem – der Name ist Programm – in den verschiedensten Blautönen schimmernden Meer. Gut zum Baden und vor allem zum Bodysurfen eignet sich der rund 1,5 km südlich von Padang Bai gelegene **White Sand Beach**, den die meisten Balinesen Pantai Bias Tugal nennen. Beim **Pura Goa Lawah** (rund 10 km westl. von Padang Bai), dem Fledermaustempel, hängen Tausende dieser Tiere dicht gedrängt in einer Höhle an der Felsendecke – so eng, dass ständige Unruhe herrscht und man glaubt, die Decke bewege sich. Die Balinesen halten sie für den Ausgang eines bis zum Pura Besakih am Gunung Agung reichenden Höhlensystems – eine Verbindung zwischen Berg und Meer, zwischen Gut und Böse. Ab Padang Bai setzen Fähren auf die vorgelagerten Inseln **Penida** mit dem Traumstrand Kelingking Beach, die Seegrasinsel **Lembongan** sowie nach **Lombok** über. Von Lembongan kommt man über eine Brücke zur **Nusa Ceningan** mit Blue Lagoon, Stränden und kleinen Resorts.

INFORMATION

Siehe Klungkung

3 Candidasa

Künstliche Wellenbrecher schützen Ort und Strand, was nicht zur Verschönerung des bereits in den 1970er-Jahren für den Tourismus erschlossenen Candidasa beigetragen hat. Heute geht es hier ruhig und beschaulich zu.

SEHENSWERT

Die mit Lotusblumen und Seerosen bewachsene **Lagune** ist besonders im Abendlicht ausgesprochen romantisch.

ERLEBEN
Im **Crazy Kangaroo** gibt's Di. und Sa. Livemusik (Rock und Pop), Do. Legong-Tanz, Speis und Trank (www.crazy-kangaroo.com).

RESTAURANT
Alle Restaurants am Meer werden von den großen Hotels betrieben, die sich die besten Lagen gesichert haben. Hervorzuheben ist das Restaurant des **€€ Puri Pandan** mit sehr guten indonesischen Gerichten und schönem Meerblick (Jl. Raya Candidasa, Tel. 0363 413 69).

HOTELS
Wer in einer hübsch ausgebauten Reisscheune mit hochgezogenem Dach schlafen möchte, ist im **€ Lumbung Damuh** richtig – direkt an der Amuk Bay etwas außerhalb von Candidasa gelegen, mit Gartendusche, Moskitonetz, Kühlschrank (Jl. Pantai Buitan Kelod, Tel. 0813 53 12 58 88, www.damuhbali.com). Luxus pur verwöhnt den Gast im **€€€€ Amankila** (S. 114/115).

UMGEBUNG
Ein empfehlenswerter Strand ist der etwa 5 km östlich in einer schönen Bucht gelegene **Pantai Pasir Putih**. Landeinwärts fährt man in nordöstlicher Richtung durch das von Bergen und Reisfeldern umgebene **Bugbug** und weiter nach **Tenganan**, wo die Bali Aga leben (S. 85).

INFORMATION
Siehe Amlapura

4 Amlapura (Karangasem)

Beim großen Ausbruch des Gunung Agung im Jahr 1963 wurde die heutige Provinzhauptstadt fast völlig zerstört. Dem am Reißbrett entworfenen Wiederaufbau folgte die Umbenennung von Karangasem in Amlapura – um böse Geister zu vertreiben.

SEHENSWERT
Nach dem Vulkanausbruch jahrelang restauriert wurde der **Puri Agung Karangasem**. Architektonisch interessant ist der gegen Ende des 19. Jh.s errichtete Bau wegen seiner Mischung aus balinesischen, europäischen, chinesischen Einflüssen.

RESTAURANTS
In der Nähe des Busbahnhofs finden sich einige einfache **€ Warungs** mit gutem Angebot (Jl. Kesatria).

UMGEBUNG
Rund 5 km südöstl. liegt der **Pura Taman Ujung**, ein sehr schön angelegter Wasserpalast von 1921 mit künstlichen Seen, terrassierten Gärten, Statuen und Brücken. Auch etwa 9 km nordwestl. gibt es einen Wasserpalast: **Tirta Gangga** von 1947, der den Einheimischen als öffentliches Badebecken zur Verfügung steht.

INFORMATION
Tourism Office, Jl. Ngurah Rai, Tel. 0363 2 10 02, www.balitourismboard.org

5 Pura Besakih und Gunung Agung

Der bedeutendste Tempel der Insel ist mehr als tausend Jahre alt und liegt an der Südwestflanke des Gunung Agung auf rund 950 m Höhe.

SEHENSWERT
Herz des aus mehr als 200 Gebäuden zusammengesetzten Komplexes ist der zentrale **Pura Besakih** **TOPZIEL**, den man über sechs Terrassen erreicht. Das Tempelinnere darf nur von Hindus betreten werden (tgl. 7.00–18.00 Uhr).

ERLEBEN
Fast jeden Tag findet in einem der Tempel ein **Fest** statt – ganze Gruppen pilgern dazu nach Besakih. Insbesondere zum **Göttertreffen Bhatara Turun Kabeh**, das jährlich im März/April zelebriert wird, und wenn der Tempelgeburtstag, Odalan, ansteht, wird man staunender Zeuge der sehr intensiv gelebten Religion. Alle hundert Jahre findet hier zudem das bedeutendste Opferfest statt, das **Eka Desa Rundra** (nächster Termin: 2079).

Links oben: Durch das „Himmelstor" des Pura Lempuyang Luhur, einem Tempel an der westlichen Flanke des Gunung Seraya, fällt der Blick auf den Gunung Agung. Links: Touristisch noch kaum erschlossen ist Bugbug, nordöstlich von Candidasa. Oben: Toya Devasya Hot Spring in Kintamani.

UMGEBUNG
Der **Gunung Agung** (**TOPZIEL**) ist ein bis heute aktiver Vulkan: Zuletzt spuckte er in den Jahren 2017, 2018 und 2019 mehrfach Lava. Sogar Balis internationaler Flughafen musste wegen der Vulkanasche in der Luft zum Teil tagelang gesperrt werden. Mit 3142 m Höhe ist er die höchste Erhebung der Insel. Bei schönem Wetter sieht man aus der Entfernung, dass der Vulkan trotz eines sehr großen Kraters eine nahezu perfekte Kegelform hat.

INFORMATION
Siehe Klungkung

6 Danau Batur

Der schönste See der Insel, der von Bergen umrahmte **Danau Batur** (**TOPZIEL**), zeigt sich häufig mit tief hängenden Wolken, was ein intensives, fast mystisch wirkendes Bild ergibt. Mit einer Fläche von rund 140 km² gehört der bis zu 100 m tiefe Kratersee zu den größten Vulkankesseln der Erde. Entstanden ist er vor Millionen von Jahren durch den Einsturz der Magmakammer – zuvor hatte sich der Vulkanschlot bereits durch eine Eruption teilweise entleert. Sein Wasser ist für balinesische Verhältnisse relativ kalt: knapp 20 Grad. Die grün bewachsenen Vulkanwände scheinen direkt aus der Oberfläche des dunklen Kratersees steil nach oben zu wachsen.

SEHENSWERT
Am Westufer trifft man bei **Toya Bungkah** auf heiße Schwefelquellen – darüber thront der **Gunung Batur**, ein 1717 m hoher Schichtvulkan. Auch wenig bergerfahrene Wanderer schaffen den Aufstieg in gut drei Stunden, sollten aber nur in Begleitung eines lokalen Guides hinaufgehen. Auch der am gegenüber liegenden Ufer des Danau Batur aufsteigende **Gunung Abang**, mit mehr als 2150 m Höhe sogar noch rund 400 m höher als der Gunung Batur, trägt dazu bei, dass die landschaftliche Szenerie am und rund um den Batur-See so faszinierend ist. Er ist fast bis zum Gipfel mit Regenwald überzogen und kann ebenfalls bestiegen werden.

MUSEUM
Im **Batur Geopark** dreht sich alles um Vulkane und Vulkanismus. Computersimulationen helfen beim Verstehen der komplexen Sachlage (Penelokan, Jl. Raya, Mo. 9.00–16.00, Di.–Fr. 8.00 bis 14.00, Sa./So. 8.00–14.00 Uhr, www.baturglobalgeopark.com).

EINKAUFEN
Kintamanis alle drei Tage stattfindender **Markt** ist schon wegen der herrlichen Erdbeeren und der frischen Kaffeebohnen einen Stopp wert.

RESTAURANT
In Kedisan am Südufer des Batur-Sees stärkt man sich auf einem stimmungsvoll über dem See platzierten Ponton mit frisch gefangenem köstlichen Süßwasserfisch im **€€ Resto Apung** (Jl. Raya, Tel. 0812 1 06 07 86).

HOTEL

Über einfache, aber zweckmäßige Zwei-Sterne-Zimmer mit Bad verfügen die € **Lake Side Cottages** in sehr guter Lage am See. Restaurant, Pool (Jl. Raya, Toya Bungkah, Tel. 0812 37 77 77 81, www.lakesidecottagesbali.com).

UMGEBUNG

Neben See und Berg gibt es auch das **Batur-Dorf**, beinahe schon mit **Kintamani** zusammengewachsen, westlich des Gunung Batur. Nach zwei Ausbrüchen des Vulkans in den Jahren 1926 und 1963 wurde es jedes Mal wieder neu aufgebaut. Zum Glück blieb der imposante elfstufige Meru des **Pura Ulun Danu Batur** von diesen beiden Naturkatastrophen verschont. Von Kintamani und **Penelokan** im Südwesten des Danau Batur hat man einen herrlichen Blick auf Vulkan und See. Fünf Kilometer nördlich vom Batur-Dorf kommt man bei **Penusilan** zum 1745 m hoch gelegenen Tempel **Tegeh Koripan**. 400 Stufen führen nach oben, der Ausblick ist fantastisch.

INFORMATION

Siehe Klungkung

Tipp

Balis berühmtester Tauchspot

Spätnachmittags geht's an den luftigen Bars von 7 **Tulamben** hoch her. Es ist Sundowner-Zeit. Und bei Cocktails, Bier und Nüsschen werden die wildesten Geschichten erzählt – tatsächlich erlebte und erfundene. Da wird ein zwei Meter langer Riffhai schon mal zu einem Vier-Meter-Teil, und der apfelgroße Muränen-Kopf mutiert zum Melonenformat ... So oder so aber ist Tulamben Balis berühmtester Tauchplatz, auch weil dort das Wrack der „Liberty" liegt, ein bereits während des Ersten Weltkriegs gebautes Versorgungsschiff, das zuletzt im Dienst der United States Army stand, als es im Zweiten Weltkrieg versenkt wurde. Wenig Strömung, große Fischschwärme sowie Hart- und Weichkorallen am zugewachsenen Wrack lassen Taucherherzen höherschlagen.

https://tulamben.com/de/bali-tauchen/

Genießen Erleben Erfahren

DuMont Aktiv

Rund um den Vulkan

Die Besteigung des Feuerbergs im äußersten Osten Balis dauert etwa einen halben Tag. Alternativ dazu kann man auch im Moped auf der Straße rund um den fast kreisrunden 8 **Gunung Seraya** fahren – und kommt mit wunderbaren Bildern im Gepäck zurück.

Auf ihr Bemo lassen die Balinesen nichts kommen: Die Kleinbusse mit dem lautstark die Fahrtziele ausrufenden Bemo-Boy bringen einen praktisch in jeden Winkel der Insel. Mit einer Ausnahme: Rund um den Gunung Seraya, die 1175 m hohe Vulkanruine, fährt man besser mit einem Moped.

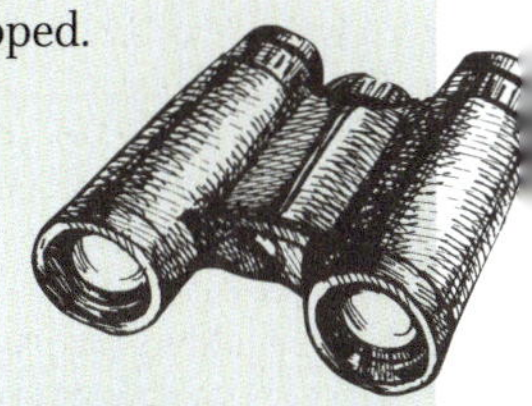

Ältere Straßenkarten von Bali weisen keine durchgängige Straße um den Seraya aus. Diese ist jedoch, wenngleich recht schmal, fertiggestellt, asphaltiert und gut zu befahren. Die Tour beginnt in Amed an der Ostküste, wo man ein paar Strandtage anhängen kann. Von dort geht die Straße zunächst weiter gen Osten und teilweise steil nach oben, ehe sie hinter der nächsten Kurve wieder genauso steil nach unten führt. Die Ausblicke auf schwarze Sandbuchten und bunt verzierte Auslegerboote sind traumhaft. Ein Leuchtturm weist den Schiffen den Weg durch die Lombok Strait, der Blick schweift von hier bis zur Nachbarinsel Lombok. Die Vegetation ist karg, die Lavaformationen sind gewaltig, Kinder schreien „hello" und rennen dem Moped hinterher. Über Ujung mit seinem Wasserpalast erreicht man das im Vergleich sehr geschäftige Amlapura (Karangasem). Tirta Gangga, schöne Reisterrassen und der Pura Lempuyang aus dem 11. Jh. auf 768 m Höhe sind die nächsten Ziele, ehe es bei Culik rechts wieder zurück in Richtung Amed geht. Den Start-Ziel-Ort erreicht man nach etwa fünf gemütlichen Fahrstunden.

Weitere Informationen

Mopeds oder Motorräder mietet man am besten in seiner Unterkunft: Den eigenen Gästen mutet man keine alten oder verkehrsuntüchtige Kisten zu. Fast alle Resorts in Amed haben Mietmopeds (ab 10 € pro Tag), manche auch Motorräder (ab 50 €).

Kann losgehen: Der Weg (um den Vulkan) ist das Ziel ...

Aus dem Schatten ans Licht

Weiße, unberührte Sandstrände und eine Handvoll Luxusherbergen: Lombok sei „Bali wie früher", sagen manche über die östliche Nachbarinsel. Doch der Unterschied liegt im Detail – und nicht zuletzt in einer Meerenge, die belegt, dass zwischen Bali und Lombok die biogeografische Grenze zwischen Asien und Australien verläuft.

Blick vom Malimbu Hill auf den gleichnamigen Strand im Westen von Lombok.

Zwischen den Luxushotels der nordwestlichen Buchten finden sich schöne Strände.

Während der Eiszeit war Bali mit dem asiatischen Festland verbunden, Lombok mit dem australischen.

Als sein Pferd auf einmal unruhig wurde, da wusste Ahmed, dass etwas passieren würde. Ahmed ist Cidomo-Fahrer auf Gili Trawangan, der größten der vor der Nordwestküste von Lombok gelegenen Gili-Inseln. Cidomos sind einachsige Pferdekutschen, die hier quasi den öffentlichen Nahverkehr erledigen. Das Pferd wieherte, bäumte sich in seinem Geschirr auf – und dann spürte es auch Ahmed: Die Erde bebte, Menschen schrien, rannten um ihr Leben; die Straßen brachen auf, der Strom fiel aus, Häuser stürzten ein.

Auf dem Pazifischen Feuerring

Es war der 5. August 2018, und schon in der Woche davor hatte die Erde gebebt. Später folgten noch mehrere Nachbeben. Insgesamt wurden Hunderte von Toten beklagt, Zigtausende Häuser zerstört, Hunderttausende Einwohner mussten in Notunterkünften untergebracht werden. Das Besondere an diesen Ereignissen war aber nicht die Tatsache, dass die Erde bebte, denn der Inselstaat Indonesien liegt auf dem Pazifischen Feuerring, einem der von Erdbeben und Vulkanausbrüchen am stärksten betroffenen Gebiete der Erde. Ungewöhnlich war allein die Häufung der seismischen Ereignisse in diesem Jahr.

Zum Glück blieben Ahmed und sein Pferd unverletzt. Ein knappes Jahr später sieht man zwar noch ein paar Trümmerhaufen, einige Hotels wurden komplett zerstört, doch ansonsten kehrt man zum üblichen Alltag zurück. Auch die für die Inselwirtschaft so überlebenswichtigen Touristen sind wieder da. Der Tourismus ist nach der Landwirtschaft die zweitwichtigste Einnahmequelle der Einwohner von Lombok. Auf den Gili-Inseln kommen praktisch alle Einnahmen aus dem Tourismus: „Keine Urlauber – kein Lohn!“, sagt Ahmed.

Zwei Inseln, zwei Welten

Lombok ist nur rund 35 Kilometer von Bali entfernt, wo die Erdbeben ebenfalls zu spüren waren, jedoch keine größeren Schäden anrichteten. Die im Süden etwa 300 Meter, im Norden um die 1000 Meter tiefe, den Indischen mit der Balisee (einem Nebenmeer des Pazifischen Ozeans) verbindende Meerenge dazwischen heißt Lombokstraße. Durch sie verläuft ein Teil der Wallace-Linie, die nach Alfred Russel Wallace (1823–1912) benannt ist, einem britischen Naturforscher, der in den Jahren 1854 bis 1862 in einer abenteuerlichen Ein-Mann-Expedition den Malaiischen Archipel bereiste. Dabei fiel ihm auf, dass auf Bali und Lombok ganz verschiedene Tierarten lebten: Balis Fauna ähnelte der asiatischen, die von Lombok der australischen Fauna. Des Rätsels Lösung: Während der Eiszeit war Bali mit dem asiatischen Festland verbunden, Lombok mit dem australischen. Der Meeres-

Surfin' Lombok – vor der Küste von Kuta.

Idyllisch: Am langen weißen Sandstrand von Tanjung Aan, östlich von Kuta Lombok, schimmert das Wasser je nach Stand der Sonne in unterschiedlichen Blautönen.

Das Bild von Lomboks Hauptstadt Mataram dominiert die riesige, rund 15 000 Gläubigen Platz bietende Masjid Raya Hubbul Wathan (alle Abbildungen dieser Seite). Mehr als 90 Prozent der Einwohner von Lombok sind Moslems. Vermutlich brachten islamische Gelehrte von der Nachbarinsel Sumbawa den Glauben im 17. Jh. hierher; bis dahin war Lombok vornehmlich hindu-buddhistisch geprägt.

Pferdekutschen (Cidomos) auf Gili Trawangan. Hier gibt es keine von Motoren betriebenen Fahrzeuge.

arm zwischen den beiden Inseln blieb ständig mit Wasser gefüllt und stellte wohl auch wegen der starken Strömung ein kaum zu überwindendes Hindernis für die meisten Tiere dar.

Eine Frau, die nicht weben kann

Etwa 85 Prozent der Einwohner Lomboks sind Sasaks – eine ethnische Gruppe, die zwischen dem 16. und 17. Jahrhundert zum Islam konvertierte und in der Folge eine Mischreligion entwickelte, die auch Elemente des balinesischen Hinduismus und des Animismus vereint. Zu diesen Sasaks gehört auch Baiq, eine Weberin. Ihr Dorf im Inselinneren heißt Sukarara, und die Tradition besagt: Eine Frau, die nicht weben kann, darf nicht heiraten. Bald wird sie einen Baumwollsarong fertigstellen, an dem sie einen Monat lang acht Stunden täglich arbeitete. „Er wird 1,5 Millionen Rupiah kosten", sagt die 25-Jährige stolz. Das sind keine hundert Euro. Das Dorf besitzt ein eigenes Baumwollfeld, die Kooperative vertreibt die Webarbeiten der Frauen im Ort.

Ein Mann auf der Veranda

Traditionelle Sasak-Dörfer wie Sade, Rembitan und Ende im Süden der Insel, nördlich von Kuta, oder Banyumulek im Westen, südlich der Inselhauptstadt Mataram, erkennt man am sozialen Leben,

Special

Gunung Rinjani

Der grummelnde Riese

Mit 3726 Metern ist der Gunung Rinjani die höchste Erhebung der Insel. Nach dem heftigen Erdbeben im Sommer 2018 war das Erklimmen des Vulkanbergs für ein Jahr lang gesperrt: Damals wurden mehr als 500 Trekker am Rinjani von der Außenwelt abgeschnitten und konnten nur mit viel Mühe gerettet werden. Inzwischen kommt man wieder hinauf, doch das Vulkantrekking ist extrem anstrengend. Manche sprechen sogar von einem Höllenritt ...

Ein Guide ist Pflicht für jede Tour, ein Träger eine Wohltat: 30 Kilogramm Ausrüstung müssen mit nach oben, in zwei Körben an den Enden einer Bambusstange: Zelt, Schlafsäcke, Kochtopf, Pfanne sowie Wasser und Essen für drei bis fünf Tage.

In Senaru an der Nordflanke gibt es viele Anbieter für Besteigungen.

Rinjani Trek Centre, https://rinjanitrekcentre.com; Green Rinjani, www.greenrinjani.com

„Wirf Salz ins Meer …
… und alles wird eins.“

Indonesisches Sprichwort

Drei winzig kleine tropische Inseln, umrahmt von weißen Sandstränden und schönen Kokospalmen im türkisfarbenen Meer: Ist dies das Paradies? – Mindestens sind die Gili-Inseln (alle Abbildungen dieser Doppelseite) ein Paradies für Taucher, die hier beste Bedingungen für ihren Sport vorfinden.

Ob im Glasbodenboot, schnorchelnd oder tauchend: Faszinierende Begegnungen mit der Unterwasserwelt sind bei den Gili-Inseln garantiert.

Rund 85 Prozent der Bevölkerung von Lombok gehören zu den Sasak – einer Ethnie, deren Angehörige sich als die ursprünglichen Einwohner der Insel verstehen.

Im Sasak-Dorf Sade (alle Abbildungen dieser Seite): Typisch für die traditionelle Architektur der Ethnie sind aus Holz, Reisstroh und Lehm errichtete, mit Gras gedeckte Stelzenhäuser und Kornspeicher mit hohen Giebeln.

Auslegerboote am Strand von Tanjung Aan, östlich von Kuta Lombok, das heute längst nicht mehr nur Backpacker anzieht, sondern auch Familien zum Strandurlaub.

der monothematischen wirtschaftlichen Ausrichtung und den Genossenschaften. In Banyumulek stellen sie Töpferarbeiten her wie den Kendimaling: Das ist eine Kanne, bei der man das Wasser mit der Unterseite nach oben in den Boden einfüllt. Dreht man die Kanne langsam um, fließt das Wasser nicht wieder aus dem Boden heraus, sondern dort, wo man es auch bei einer normalen Kaffeekanne erwarten würde: oben am Ausguss. Wie das geht? Ein raffinierter Klappmechanismus im Inneren der Kanne verhindert das Austreten des Wassers am Boden nach dem Umdrehen.

Bei einer Führung durch das Sasak-Dorf Ende zeigt uns der Guide nicht nur die aus den natürlichen Materialien Holz und Lehm auf Stelzen gestellten, mit Gras oder Reisstroh gedeckten Häuser, sondern erwähnt auch, dass die Männer auf der Veranda schlafen und die Frauen drinnen. Dann schmunzelt er: „Aber Babys zu machen ist oberste Sasak-Pflicht. Und wenn zwei geheiratet haben, dürfen auch beide drinnen schlafen ...“.

Brauchtum und Tradition

Das Dorf erinnert an ein bewohntes Freilichtmuseum, aber Brauchtum und Tradition werden nicht nur wegen der Touristen gepflegt: „Den Stocktanz“, erklärt der Guide, „lernen die Buben schon mit vier Jahren.“ Er geht zurück auf einen Regentanz: Früher schlug man im Reisfeld Stock an Stock, um Regen zu erbitten. Der daraus entwickelte Tanz verlangte in seinen Anfängen noch Blut für die Götter: „Abgebrochen wurde er erst, wenn einer der beiden Kämpfer verletzt war.“ Tatsächlich wirkt der Tanz eher wie ein brutaler Kampf; das Aufeinanderkrachen der mit Büffelleder überzogenen Bambusstöcke macht auf den Beobachter mächtig Eindruck – auch ohne Blut.

Kuta hier, Kuta dort

Früher kamen vor allem Rucksackreisende nach Lombok – auf den vorgelagerten Gili-Inseln im Nordwesten und den noch nicht wirklich entdeckten Secret-Gilis im Südwesten sind sie bis heute in der Überzahl. Auf Lombok selbst gibt es inzwischen eine recht gut ausgebaute touristische Infrastruktur – auch wenn das Kuta auf Lombok mit dem gleichnamigen Ort auf Bali ungefähr so viel zu tun hat wie Ahmed und sein Cidomo mit einem balinesischen Taxifahrer in seinem neuen Toyota.

NATIONALPARK KOMODO

Im Reich der Drachen

Sie sind monströs, schuppig, mit gespaltener Zunge, dazu schnell und gefährlich: die „letzten Drachen", wie die Insulaner die Komodowarane nennen, zu deren Schutz ein Nationalpark eingerichtet wurde, der seit 1991 auch zum Weltnaturerbe der UNESCO gehört.

Rot soll man nicht tragen auf Komodo, heißt es. Das würde die Drachen reizen. Und was tragen einige der Einheimischen auf ihrer dürr bewachsenen Insel mit ihren wunderschönen Kegel- und Faltenbergen? Genau: rot ...

Auf Komodo sagen alle „Drachen", wenn sie den Komodowaran, *Varanus komodoensis*, meinen. Echsen gibt's an vielen Orten in der Welt, aber „Drachen – das klingt doch viel aufregender". Es ist ja nicht so, dass Marketing eine gute Flugstunde östlich von Bali ein Fremdwort wäre. Im Gegenteil: „Fast alle hier leben von den Drachen. Ohne sie würde kein Hahn nach uns krähen!" Auch nicht die vierköpfige Gruppe, die unser Nationalparkguide Gonsa gerade in den Busch von Komodo führt. Der Guide lacht. „Das mit dem Rot gilt nur für diejenigen, die außerhalb des Dorfs unterwegs sind."

Mit seiner langen, gespaltenen Zunge kann der Komodowaran feinste Duftstoffe auf- und wahrnehmen. Seine Beute wittert er über eine kilometerweite Entfernung.

Eine gefährdete Art

Die urzeitlich anmutenden, auf der Roten Liste gefährdeter Arten stehenden Riesenechsen leben neben der Insel Komodo, nach der sie benannt sind, nur noch auf einigen weiteren Kleinen Sundainseln wie vor allem Padar und Rinca. Die meisten Exkursionen nach Komodo beginnen in Labuan Bajo, einem Städtchen auf der Nachbarinsel Flores. Schon jetzt muss man pro Kopf ein stolzes Sümmchen investieren, um einen der Drachen zu sehen. Bald soll es noch viel teurer werden – die Provinzregierung plant eine drastische Erhöhung der Preise und überlegt sogar, die Insel für Besucher eine Weile lang ganz zu schließen. Offiziell, um die Tiere wie die Insel zu schonen. Inoffiziell, so spekuliert unser Guide, „um in die Weltpresse zu gelangen und Begehrlichkeiten zu wecken ...". Wie gesagt: Marketing ist auch eine gute Flugstunde östlich von Bali kein Fremdwort.

V wie Victory?

Gonsa führt die Gruppe im Entenmarsch an, ein zweiter Guide, Hamad, sichert den Tross nach hinten ab. Individualtouren sind verboten. Mit gutem Grund: Zwar begreifen die Warane den Menschen in der Regel nicht als Beutetier, aber es kommt immer wieder zu Überfällen. Wenn die Drachen hungrig sind, fressen sie fast alles, was ihnen so in den Weg kommt: Büffel, Schweine, Ziegen, in der Not sogar ihre eigene Brut. Mit Schlangen oder Ratten geben sie sich gar nicht erst ab. An die 50 Kilogramm Fleisch brauchen die bis zu drei Meter groß und über 70 Kilogramm schwer werdenden Tiere alle zwei Tage. Da erscheint es ratsam, sich vor ihnen zu schützen, doch unsere beiden Guides führen weder eine Machete noch eine

Zum Komodo-Nationalpark gehören neben den drei größeren Inseln Komodo, Rinca und Padar noch zahlreiche kleinere

Der in seinem Bestand gefährdete Komodowaran ist die größte Echsenart der Welt.

Betäubungspistole mit sich – nur einen massiven, mannshohen Stock aus Tamarindenholz, der sich am Ende zu einem V gabelt und „Kukun" genannt wird: „Damit wollt ihr einen Drachen in Schach halten?", fragt der Amerikaner in unserer kleinen Gruppe. „Ja!", antwortet Gonsa. „Unseren Kukun kennen die Drachen. Sie haben Respekt davor – besonders, wenn wir die Gabel vor ihnen in den Boden rammen." Rumms! Gonsa stößt das V des Kukun in die staubige Erde: „Wenn ich das so mache, verharrt jeder Drache. Er faucht zwar, greift aber nicht an. Eine Pistole müsste ich benutzen, weil der Drache eine Pistole nicht kennt. Und mit einem Messer – egal wie groß – hätte ich keine Chance."

Jeder, der in den Busch geht, führt also einen Kukun mit sich – seit Generationen. Im Ernstfall würde er den Kopf des Warans mit der Gabel zu Boden drücken. Das Tier hätte so den Kampf verloren. „Es gibt immer wieder mal Konflikte, aber in der Regel gehen sich Drache und Mensch aus dem Weg."

Wasserbüffel als Leibspeise

Die Gruppe ist seit gut 30 Minuten unterwegs. Von den Drachen hat sich noch keiner blicken lassen. Aber Gonsa verspricht, dass wir mindestens einen sehen werden. Die Tiere seien schließlich tagaktiv und würden nur nachts in ihren Höhlen schlafen.

Dann hält Gonsa inne: „Psst! Schaut mal dort hinten: Das ist ein Wasserbüffel, die Lieblingsspeise der Drachen! Kann gut sein, dass wir gleich einen Waran sehen ..."

Der Büffel ist ein mächtiger Brocken. Gonsa flüstert: „Drachen können mit dem Wind kilometerweit riechen. Und wenn sie einen Büffel ausfindig gemacht haben, müssen sie ihn nur verletzen. Den Rest machen dann das Gift und die Bakterien der Warane. In fünf, spätestens sechs Tagen ist der Büffel tot. Dann ist das Mahl angerichtet ..."

Verwunderte Blicke in der Gruppe.

Plötzlich hören wir, wie Hamad seinen Kukun in den Boden rammt.

Da hat sich hinter der Gruppe doch tatsächlich ein Drache angeschlichen.

Hamad und seine Gabel lassen ihn innehalten. Aber was passiert, wenn die Riesenechse doch angreifen will: bis zu drei Meter lang, gut über 70 Kilogramm schwer? Monströs, schuppig und mit gespaltener Zunge? Wir wissen es nicht, und wir werden es dieses Mal auch nicht erfahren: Der Drache faucht missmutig und verschwindet mit schwankendem Gang wieder im Busch.

Fakten & Informationen

Viel Wissenswertes über den östlich von Lombok zwischen den Inseln Sumbawa and Flores gelegenen, 1817 km² großen Nationalpark findet man auf dessen offizieller Website:

www.komodonationalpark.org

Größere Beutetiere wie Wildschweine, Mähnenhirsche oder Wasserbüffel tötet der Komodowaran mit seinem hochgiftigen, von Drüsen im Unterkiefer produzierten Speichel.

Lombok
Sumbawa
Selat Lombok
Selat Alas
MATARAM
Ampenan
Cakranegara
Praya
Tanjung
Taliwang
Gunung Rinjani National Park
Gunung Rinjani 3726
Senggigi
Kuta
Sembalun Lawang
Labuhan Lombok
Labuhan Haji
Labuhan Lembar
Sekotong Barat
Bayan
Masjid Wetu Telu
Gili Trawangan
Gili Meno
Gili Air
Nusa Gili
Selong
Sweta
Gerung
Labuhan Tano
Padang Bai (Bali)
Bima (Sumbawa)
Maßstab 1:450.000
0
6km

Aus dem Schatten ins Licht

Lombok stand lange im Schatten von Bali. Dabei gibt es auch hier viel zu entdecken: schöne Strände auf den vorgelagerten Eilanden wie entlang der Küste, Indonesiens zweithöchsten Vulkan und dazu die Kultur der Sasak ...

1 Mataram

Lomboks Hauptstadt ist ein wichtiger Verkehrsknotenpunkt und das Versorgungszentrum der Insulaner.

SEHENSWERT
Neben den wichtigsten Moscheen und dem Großkomplex **Islamic Centre** (Jl. Langko, an muslimischen Feiertagen und zu Gebetszeiten für Nicht-Moslems unzugänglich) befindet sich auch Lomboks größter Hindu-Tempel in der Inselhauptstadt: Der **Pura Meru** (Jl. Selaparang) stammt aus dem 18. Jh., seine elfstufige Pagode ist Vishnu und dem heiligen Berg Rinjani gewidmet.

MUSEUM
Das Museum **Negeri Nusa Tenggara Barat** beleuchtet vor allem die kulturell enge Verbindung von Lombok zur östlichen Nachbarinsel Sumbawa (Jl. Panji Tilaregara, Di.–So. 8.00 bis 14.00 Uhr).

RESTAURANT/HOTEL
Scharfe Sasak-Gerichte stehen im **€€ Dua Em** auf dem Speiseplan (Jl. Transmigrasi, Tel. 0370 62 29 14). Mit viel Pink und etwas schrill gestaltet ist das **€ Favehotel**. Die 117 Zi. sind modern eingerichtet. Schöner Pool, sehr gutes Preis-Leistungs-Verhältnis (Jl. Langko, Tel. 0370 617 01 11, www.favehotels.com).

UMGEBUNG
Interessant sind die großen chinesischen Friedhöfe entlang der Küstenstraße bei **Ampenan**. Etwa 5 km südl. des Zentrums stößt man auf das Sasak-Dorf **Banyumulek**, das sich auf Töpferwaren spezialisiert hat. Gut 25 km südöstlich von Mataram kommt man in ein weiteres Sasak-Dorf: In **Sukarara** werden Kleidung, Decken, Vorhänge handgewebt; die Patuh Cooperative vertreibt die Waren des ganzen Ortes (Jl. Selatan Masjid).

INFORMATION
Tourist Information, Jl. Langko, Tel. 0819 071 12 25 59, www.indonesiatouristinformation.com/mataram-tourist-information.html

2 Senggigi

Das ehemalige Fischerdorf entwickelte sich schon Mitte der 1990er-Jahre zu Lomboks größter Touristenenklave.

Tipp

Drei Inseln und ein Schiff

Wer sich in Senggigi einquartiert hat, kann einen schönen Schnorchel- oder **Tauchtagesausflug** zu den drei Gilis buchen. Erst geht es an der Küste Lomboks nach Norden, dann zu den Inseln: Kristallklares Wasser, farbenprächtige Korallenriffe und jede Menge Fische machen den Ausflug zum Erlebnis. Inklusive Transfers, Drinks und Lunch kostet das Vergnügen umgerechnet ca. 40 €.

www.scubafroggy.com

SEHENSWERT
Haupttattraktion ist der lange, hellsandige **Senggigi Beach**.

ERLEBEN
Das einzige Nachtleben auf Lombok findet in Senggigi statt, am wildesten in der Diskothek **Marina Café** in der Jl. Raya Senggigi.

EINKAUFEN
Eine gute Auswahl an indonesischer Kleidung, aber auch an westlichen T-Shirts, Hemden und Blusen hat **Lombok Exotic** (www.lombokexotic.net) zu bieten.

RESTAURANT
Hummer, Jumbogarnelen, Snapper oder Baracuda: Im **€€€ Menega** (Jl. Raya Senggigi, Tel. 0370 663 44 22, www.menega.com) kommt alles vom Grill und wird direkt am Strand serviert.

HOTEL
Die **€€ Qunci Villas** mit 78 geräumigen Zimmern in doppelstöckigen Bungalows und direkter Strandlage gehören zu den besten Anlagen am Senggigi Beach: drei große Pools, einer 30 m

Oben: Busbahnhof in Mataram. Rechts oben: Air Terjun Sindang Gila – ein Wasserfall bei Senaru im Norden von Lombok. Darunter: Wohlfühloase im Sheraton Senggigi Beach Resort.

Im Uhrzeigersinn von links oben: Unterwegs auf Gili Trawangan, Bananenplantage im Osten des Gunung Rinjani, am Kuta Beach.

lang, Spa, drei gute Restaurants (Jl. Raya Mangsit, Tel. 0370 69 38 00, www.quncivillas.com).

UMGEBUNG
Besonders um Mangsit mit dem berühmten Coco Beach folgen in nördl. Richtung bis **Malimbu** mit seiner schönen Aussichtsplattform am **Malimbu Hill** eine Reihe sehr guter Strände. Im Hinterland liegt am **Pusuk-Pass** der Affenwald mit vielen wilden Primaten.

INFORMATION
Siehe Mataram

3 Gili-Inseln

Die drei vorgelagerten **Gili-Inseln** TOPZIEL sind in nur 30 bis 60 Minuten von Lombok oder mit dem Schnellboot in zwei bis drei Stunden von Bali erreichbar. In der Hochsaison ist hier leider alles überlaufen und überteuert.

SEHENSWERT
Gili Air liegt am nächsten zum Festland, **Gili Meno** ist die kleinste und beschaulichste Insel und **Gili Trawangan** die größte. Sie hat im Südwesten hinter dem **Sunset Point** einen 50 m hohen Aussichtshügel. Das Leben auf der Partyinsel spielt sich fast komplett an der Ostküste ab. Ansonsten sind sich alle drei Inseln ziemlich ähnlich: jeweils fast komplett von hellsandigem bis weißem Strand umgeben sowie mit vielen Resorts und Restaurants schon ziemlich zugebaut. Vorwärts kommt man mit dem Fahrrad, in der Pferdekutsche oder zu Fuß.
In zwei Stunden ist etwa Gili Trawangan mit dem Fahrrad umrundet. Achtung: Obwohl Gili Trawangan und Gili Meno nicht einmal einen Kilometer voneinander entfernt liegen, sollte man nie versuchen zur Nachbarinsel zu schwimmen: Die Strömungen sind sehr gefährlich!

ERLEBEN
Segeltörns um die drei Inseln und zur Küste von Lombok (ca. 60 €) bietet Blue Water Cruises ebenso an wie (auf Anfrage) **Fahrten nach Komodo** (www.bluewatercruises.com).

RESTAURANTS
Auf Gili Trawangan kann man kaum besser und sicher nicht günstiger essen als auf dem € **Nachtmarkt** am Pier. Neben Fisch vom Grill und Sate gibt es auf Gili Meno im €€ **Sasak Café** an der Westküste auch typische Sasak-Gerichte. Und wer mal wieder eine knusprige Pizza braucht, der geht auf Gili Air an den Strand in die €€ **Zipp Bar**, etwa 500 m östlich vom Anleger.

HOTELS
Es war das erste große Hotel auf Gili Trawangan und ist bis heute eines der besten Resorts der Gili-Inseln: das Vier-Sterne-Haus €€ **Vila Ombak** mit Bungalows im Stil der traditionell auf Stelzen gebauten Reishäuser (Lumbung) der Sasaks, großem Pool und Restaurant (Tel. 0370 614 23 36, www.vilaombak.com). Auf Gili Meno empfiehlt sich das so schöne wie luxuriöse €€€ **Karma Reef**, ebenfalls im traditionellen Lumbung-Stil, zum Teil direkt am weißen Strand; mit Beachrestaurant und Spa (Tel. 0819 36 72 07 03, www.karmagroup.com). Ruhig in einem Palmenhain gelegen und recht romantisch gibt sich auf Gili Air das € **Santay** mit Holzbungalows, Hängematten, Moskitonetzen und einem guten Thai-Restaurant (Tel. 0878 832 99 14, www.giliair-santay.com).

INFORMATION
Siehe Mataram

4 Gunung Rinjani

Lomboks heiliger Berg wird von sieben Wasserfällen umgeben und präsentiert sich mit einem imposanten Kratersee.

SEHENSWERT
Am **Gunung Rinjani** – mit 3726 m Höhe Indonesiens zweithöchster Vulkan (nach dem 3805 m hohen Gunung Kerinci auf Sumatra) – hat sich nach den Vulkanausbrüchen in den Jahren 1994 und 1995 ein zweiter Vulkan gebildet, der meist leicht aktive **Gunung Baru Jati** mit rund 2000 m Höhe. Sein Kratersee schimmert türkis.

RESTAURANT
Zu Sasak-Gerichten sowie für Bier und Wein geht man ins €€ **Emy Café** (in Senaru, Tel. 0852 38 50 48 75).

HOTEL
Bester Standort ist die €€ **Rinjani Lodge** unterhalb des Vulkans mit zwei schönen Pools und gutem Restaurant (in Senaru, Tel. 0819 07 38 49 44, www.rinjanilodge.com).

UMGEBUNG
Von den sieben Wasserfällen um den Rinjani sind der **Air Terjun Tiu Pupas** bei Gangga und der **Air Terjun Sidang Gila** (Abb. S. 111) bei Senaru, beide mit Bademöglichkeit unter den Fällen, am schönsten.

INFORMATION
Rinjani Trek Centre, am Nationalpark-eingang von Senaru, Tel. 0623 70 619 77 19, https://rinjanitrekkingcenter.com

5 Kuta

Wie beim Namensvetter in Bali waren auch auf Lombok die Surfer die treibende Kraft, die aus dem einstigen Fischerdorf eine Strand- und Surfdestination machten.

SEHENSWERT
Zu den schönsten Stränden Indonesiens gehören der **Stadtstrand** und **Tanjung Aan**, weiter östlich gelegen.

ERLEBEN
Beim **Bau-Nyale-Fest** fangen die Sasak im Februar/März Seewürmer, die im Meer strahlen und eine Reinkarnation jener Prinzessin sein sollen, nach der Lombok auch „die Insel der glitzernden Prinzessin" genannt wird.

RESTAURANT
Wer es scharf mag, geht ins Warung € **Bule**, wo es Baracuda nach Sasak-Art, also scharf, oder auch Chilli-Krebse gibt (Jl. Raya Pantai Kuta, Tel. 0823 40 98 78 28).

HOTEL
Die liebevoll eingerichteten Bungalows der € **Drop In Surf Lodge** liegen in einem hübschen Garten mit Kokospalmen und Bananenstauden, etwas außerhalb von Kuta (Jl. Mandalika, Pantai Putri Nyale, Tel. 0819 07 23 46 73, https://dropinlombok.com).

UMGEBUNG
Nach Osten lohnt ein Ausflug zur **Ekas-Halbinsel** mit weitgehend unberührten Stränden wie dem **Pantai Cemara**. In Richtung Norden stößt man auf die interessanten Sasak-Dörfer **Sade** und **Ende**. Weit, weiß und palmengesäumt zeigt sich der Strand **Are Goling** westlich von Kuta. Noch weiter westlich liegen **Mawun**, eine sichelförmige Bucht mit einem ebenfalls herrlichen Strand, und **Selong Belanak**, ein naturbelassener Beach, an dem sich einige Surfer tummeln.

INFORMATION
Siehe Mataram

6 Secret Gilis

Aus 13 Inseln bestehen die Secret Gilis, die zwar nicht mehr wirklich „geheim" aber noch immer nur zum Teil bewohnt sind.

SEHENSWERT
Die größte Insel, **Gili Gede**, sowie **Gili Nanggu**, **Gili Sudak**, **Gili Asahan** und **Gili Layar** sind bereits mit Resorts und Restaurants erschlossen. Die Miniinsel **Gili Kedis** kann man zu Fuß in wenigen Minuten umrunden. Alle Eilande bieten sehr schöne, helle Sandstrände; vor jedem laden Korallenriffe zum Schnorcheln ein.

RESTAURANT
Barfuß speist man im **€€ Le Tanjung** mit seinem gepflegten Sandboden und gemütlichen Korbstühlen. Es gibt französische und indonesische Küche, stets gut portioniert (Tel. 0818 05 29 03 14, https://tanjungan-bukit-id.book.direct/de-de/dining).

HOTELS
Nobelste Unterkunft ist das nagelneue und sehr moderne **€€€ Ko Ko Mo** auf Gili Gede: Luxusvillen wie auf Bali mit Restaurant, Pool, Golf, Tennis (Tel. 0819 07 32 51 35, https://kokomogiligede.com). Die Stelzenbungalows des **€ Nirvana**, direkt am hellen Sandstrand von Gili Sudak, haben dagegen den Charme der 1980er- und 1990er-Jahre: einfach (mit eigenem Bad, allerdings nur Kaltwasser), aber dafür sehr romantisch. Alle Zimmer mit Veranda, ein Fischrestaurant gehört zum Resort (Tel. 0370 64 15 55, www.gilisudaklombok.com).

UMGEBUNG
Lembar am nördlichen Ende der Batugendeng-Halbinsel ist der wichtigste Fährhafen der Insel, von wo es u.a. alle 90 Min. nach Padang Bai auf Bali geht (fünf Stunden Fahrzeit). **Bangko Bangko**, am Westende der Halbinsel, gilt als einer der besten Surfplätze von Lombok.

INFORMATION
In den Hotels und auf www.gilibookings.com/gili-gede-guide

Tipp

Ein Ausflug in die Welt der Drachen

Wunderschön ist eine dreitägige Segeljachtcruise ab und bis Labuan Bajo auf der Insel Flores nach **Komodo TOPZIEL** mit Rinca, Kalong und Sabolon Islands, buchbar bei Enchanting Travels:

www.enchantingtravels.de

Genießen Erleben Erfahren

DuMont Aktiv

Kunst unter Wasser

Strandfans und Schwimmer lieben die drei Gili-Inseln Trawangan, Meno und Air, müssen aber die Gezeiten beachten. Bei Ebbe ist an den meisten Stellen nur noch Plantschen möglich. Auf Schnorchler wartet dagegen die eine oder andere Überraschung.

Am Deep Turbo Point vor der Insel Trawangan sieht man immer wieder mal Walhaie, während sich am Fish Point vor Gili Air eher die kleinen bunten Fischlein herumtreiben. Das kleine Gili Meno hat seine Hauptattraktionen zwar verloren: Die 18 m hohe Meno Wall brach bei den Erdbeben im Jahr 2018 zusammen. Dafür stößt man am Turtle Point nicht nur auf Schildkröten, sondern auch auf Unterwasserskulpturen.

Die 48 Skulpturen befinden sich in rund 4 m Tiefe und sind selbst bei strömungsbedingtem trüberem Wasser gut zu sehen. Die Installation schuf der britische Künstler Jason de Caires Taylor, der Ähnliches bereits vor Grenada in der Karibik und vor Lanzarote in Europa aufbaute. Man schwimmt vom Beach Club Bask an der Westküste einige Minuten hinaus und trifft dann auf die Kunst, die sich langsam in ein künstliches Riff verwandeln und Fischen ein neues Heim geben soll.

Weitere Informationen

Schnorchelausrüstung bekommt man meist kostenfrei von seiner Unterkunft oder für wenig Geld bei einer der vielen Tauchschulen. Die nehmen auch Schnorchler mit raus aufs offene Meer und zum Deep Turbo Point, der mehr als einen Kilometer vor der Küste Trawangans liegt. Die anderen genannten Spots sind leicht vom Strand aus zu erreichen.

Unterwasser-Installation von Jason deCaires Taylor vor den Gili-Inseln.

Die besten Privatpool-Resorts

Wahrer Luxus

Nirgends auf der Welt hat man eine größere Auswahl an Villen mit eigenem Pool als auf Bali. Was anderenorts meistens tausend Euro oder noch viel mehr pro Nacht kostet, gibt's auf der Insel der Götter schon deutlich günstiger. Das bedeutet allerdings noch nicht, dass solche Nobelherbergen zum Schnäppchenpreis zu haben wären – wahren Luxus muss man sich schon leisten können ...

1 Four Seasons at Jimbaran

Es war vor 25 Jahren das erste Pool-Villa-Only-Resort auf Bali, und es ist immer noch eine der schönsten Anlagen der Insel: Gebaut wie ein balinesisches Dorf mit engen Gassen und einfachen hohen Mauern um jedes Haus sowie einem gespaltenen Tor als Eingangspforte für jede Luxusvilla. Auch ein paar Stufen muss man in sein Urlaubsheim gehen, schließlich sollen die bösen Geister vom nahen Meer ja verwirrt werden. Das ist Bali pur! Und direkt am Jimbaran Beach gibt's noch einen herrlichen Infinity-Pool.

Pool-Villa ab 580 €, Jl. Bukit Permai, Jimbaran, Tel. 0361 70 10 10, www.fourseasons.com/jimbaranbay

2 Anantara Uluwatu Bali Resort

Die Pool-Villen wurden für vier, sechs oder mehr Personen ausgelegt, die Bäder jeweils in einer eigenen Villa untergebracht. Als Paar bucht man besser eine Pool-Suite: Viel günstiger wird man wohl nirgendwo auf der Welt eine Suite mit eigenem Pool mieten können! Die Einrichtung ist schick und modern, die Lage sehr ruhig oberhalb des Impossible Beach und nahe am Padang Padang Beach, wo die Strandszenen von „Eat Pray Love" mit Julia Roberts gedreht wurden.

Pool-Villa ab 800 €, Pool-Suite ab 300 €, Jl. Pemutih, Uluwatu, 0361 895 75 55, https://bali-uluwatu.anantara.de.com

3 W Bali

Die W-Resorts sind anders: Was einst in New York als „Neudefinition der Fröhlichkeit für den modernen Jetset" begann, bringt heute laut Eigenwerbung „das Beste aus Musik, Mode, Design und Entspannung zu begehrten Reisezielen rund um den Globus". Also auch nach Bali, wo z.B. der Afternoon tea auf einem großen Tablett mit Etagere schwimmend im acht mal drei Meter großen Privatpool serviert wird: Da bleiben keine Wünsche offen, was auch für die elegant-modern eingerichtete Villa gilt.

Pool-Villa ab 500 €, Zimmer mit Balkon ab 250 €, Jl. Petitenget, Seminyak, Tel. 0361 300 01 06, www.wbaliseminyak.com

4 The Mulia

Der Mönch auf dem Bild an der Wand des Wohnzimmers döst vor sich hin. Im Garten zwitschern Vögel, unter dem großen balinesischen Pavillon surrt der Ventilator. Auf Knopfdruck ist ein Butler zur Stelle. Die zeitlos-schick mit japanischen Toiletten, Rundbadewanne und Außendusche eingerichtete Villa sowie der Garten erstrecken sich über 500 Quadratmeter, der Pool ist zehn Meter lang – mit Gegenstromanlage. Und die Hauptpools sind ikonische Meisterwerke. Eines der besten Resorts auf Bali.

Pool-Villa ab 850 €, Zimmer ab 350 €, Jl. Raya Nusa Dua Selatan, Nusa Dua, Tel. 0361 301 77 77, www.themulia.com

5 Six Senses

Welches Tropenresort bittet seine Gäste, die Klimaanlage auszuschalten und die Meeresbrise zu nutzen? Hier kann man seine Luxusvilla nach vorn zum Ozean und dem Privatpool sowie nach hinten zur Außendusche öffnen. Es wird kein Plastik verwendet, sein Frühstücksei darf man sich im Hühnerstall aussuchen, wenn man das will. Das Six Senses hat seinen Preis, liegt aber mit seiner umweltbewusst-nachhaltigen Konzeption voll im Trend. Nachbar Bulgari setzt hochnäsig auf noch höhere Preise und kommt auch wegen mangelnder Privatsphäre nicht auf unsere Favoritenliste.

Pool-Villa ab 950 €, Suite ab 380 €, Jl. Goa Lempeh, Uluwatu, Tel. 0361 209 03 00, www.sixsenses.com/resorts/uluwatu-bali/destination

6 Four Seasons at Sayan

Anreisen kann man im Schlauchboot auf dem Fluss. Die Gärtner des Resorts pflegen nicht nur den wunderschönen Park, sondern ernten auch vier Tonnen Reis pro Jahr. Das Haupthaus des Resorts sieht aus wie ein Ufo, das im Dschungel gelandet ist, mit einem Lotusblumenteich auf dem Dach. Gestalten wollte der Architekt eine Reisschale, in die man gehen kann. Die Villen mit ihren Privatpools liegen romantisch am Ayung, die Einrichtung ist luxuriös-balinesisch, was auch den Obamas in der Royal Villa gut gefallen haben soll.

Pool-Villa ab € 750, Zimmer mit Balkon ab € 550, Jl. Raya Sayan, Ubud, Tel. 0361 97 75 77, www.fourseasons.com/sayan

7 Amankila

Der Name Amankila lässt sich mit „friedlicher Hügel" übersetzen, aber damit wird man der traumhaften Lage dieses Resorts nicht gerecht: Die Atmosphäre ist einfach unbeschreiblich! Herzstück der Anlage ist der auf drei Ebenen terrassenförmig angelegte, optisch scheinbar nahtlos ins Meer übergehende Infinitypool. Leise bringen Gamelan-Klänge die vom Duft des Frangipani-Baums gesättigte Luft zum Schwingen, abends werden am Rand des Privatpools brennende Kerzen aufgestellt. Balis bestes Resort.

Pool-Villa ab € 1100, Suite ab € 830, Jl. Amankila, Manggis, Tel. 0363 413 33, www.aman.com/resorts/amankila

8 Kupu Kupu Baron

Es war im Jahr 1986, als der große Schmetterling („Kupu Kupu Barong") die Gegend um Ubud wegweisend für die Luxushotellerie erschloss: Das Kupu Kupu Barong liegt im dichten Urwald, vom kleinen Privatpool sieht das Auge nichts anderes als dichtes Grün. Die Duplex-Villen sind rustikal ausgestattet und im Minangkabau-Stil errichtet, als seien sie vom gleichnamigen Stamm aus Sumatra gebaut. Auch Mick Jagger fand hier schon Ruhe und Entspannung.

Pool-Villa ab € 280, Villa ohne Pool ab € 170, Jl. Raya Kedewatan, Ubud, Tel. 0361 97 54 78, www.kupubarongubud.com

Oben: Garuda-Wisnu-Kencana-Statue in Ungasan. Rechts oben: Auslegerboot am Strand von Padang Bai. Darunter: Verkehrschaos in Kuta.

Service

Praktische Informationen für die Reise und einiges Wissenswerte über Bali und Lombok haben wir hier für Sie zusammengestellt.

An- und Einreise

Anreise: Von Mitteleuropa aus gibt es auf der rund 13 500 km langen Flugstrecke nach Bali keine Non-Stopp-Verbindungen. Dutzende Fluggesellschaften haben die Insel im Programm – es lohnt sich, vor der Buchung spezielle Vergleichsportale wie www.flug.idealo.de oder www.skyscanner.de zu nutzen. Als sehr komfortabel, schnell und vergleichsweise kostengünstig hat sich die Verbindung mit KLM von zehn deutschen Flughäfen aus via Amsterdam erwiesen: Der Flug dauert hier inklusive Umsteigezeit gut 18 Stunden, dabei vermeidet man die häufig nächtlichen Umsteigeprozeduren arabischer Airlines. Alternativen sind die teureren asiatischen Carrier wie SIA sowie die meist noch teurere Lufthansa, die ihre Gäste ab Singapur zudem auf SIA umsteigen lässt, Alle Flüge landen auf dem Ngurah Rai International Airport (DPS, www.baliairport.com), 13 km südl. der Inselhauptstadt Denpasar.
Einreise: Deutsche, österreichische und schweizerische Staatsangehörige benötigen für die Einreise einen Reisepass, der über den Zeitraum der Reise hinaus noch mindestens sechs Monate lang gültig sein muss; auch Kinder unter 16 Jahren benötigen einen eigenen Reisepass. Wenn der Aufenthalt rein touristischer Natur ist, nicht länger als 30 Tage dauert sowie ein Weiter- bzw. Rückflugticket vorhanden ist, können Deutsche, Österreicher und Schweizer visumfrei einreisen.

Auskunft

Tourist-Information in Deutschland: Visit Indonesia Tourism Office, Hanauer Landstr. 184, 60314 Frankfurt, Tel. 069 175 37 10 38, www.tourismus-indonesien.de
Tourist-Information auf Bali: Bali Tourism Board, Jl. Raya Puputan 41, Renon, Denpasar, Tel. 0361 23 56, www.balitourismboard.org
Tourist-Information auf Lombok: Lombok Tourism, Senggigi Art Market, Jl. Raya Senggigi, Tel. 0370 665 02 39, www.lombok-tourism.com, www.visit-lombok.com
Diplomatische Vertretungen: Deutsches Honorarkonsulat, Jl. Dr. Pantai Karang 17, Batujimbar, Sanur, Tel. 0361 28 85 35
Schweizer Honorarkonsulat: Jl. Ganetri 9D, Denpasar, Tel. 0361 26 41 49, bali@honrep.ch (nimmt auch Österreichs Interessen wahr)

Elektrizität

Die Netzspannung entspricht mit 230 Volt europäischen Standards. Adapter für die Steckdose braucht man nur in einfachsten Unterkünften.

Essen & Trinken

Was und wo? Da die Balinesen am liebsten in den kühleren Abendstunden essen, gibt es überall Nachtmärkte *(pasar malam)*, auf denen sich mobile Essensstände *(kaki lima)* dicht an dicht drängen. Fest installierte Garküchen mit einem Tisch, zwei Bänken davor und einem Sonnensegel darüber nennt man hier *warung*. Mit ein paar Tischen und vielleicht noch einem Ventilator besser ausgestattet ist das *pumah makan*, ein einfaches „Ess-Haus", in dem man meist aus mehreren Gerichten auswählen kann. Noch größer ist die Auswahl und noch besser die Ausstattung in einem *restoran* – neben der einheimischen Küche stehen hier oft auch europäisch orientierte Gerichte auf der Speisekarte. In den Touristenzentren kommen noch die international üblichen Restaurants unterschiedlichster Qualität hinzu – bis hin zu wahren Feinschmeckeradressen vor allem in Ubud, Seminyak und Jimbaran.
Die Basis der meisten Mahlzeiten ist weißer, gekochter Reis; berühmt ist die Landesküche zudem für ihre traditionell von jedem Koch, jeder Köchin selbst hergestellten Pasten mit unterschiedlichsten Mixturen aus Gewürzen, Kräutern, Wurzeln. Für Touristen werden häufig mildere Varianten aufgetischt. Mit gutem Grund: Wer auf die Frage *„bisa (makan) pedas* – können Sie scharf essen?" – statt mit *tidak* (nein) mit einem beherzten *ya* (ja) antwortet, sollte sich auf ein wahres Feuerwerk im Mund einstellen. Das goldene Mittelmaß erhält, wer *sedikit* (ein wenig) sagt. Ungewöhnlich für westliche Besucher ist, dass bei einem indonesischen Menü alle Speisen – auch die Suppe – mitsamt dem Reis auf einmal aufgetischt werden und dass, wenn man mit anderen speist, alle von allem essen.
Die Mahlzeiten: Auch das Frühstück ist auf Bali traditionell ein Reisgericht. Gern serviert wird *nasi putih* (trockener Reis) mit einem *telur* (Ei) dazu oder (nicht anders als mittags und abends) mit gebratenem Fleisch, Gemüse und Ei als *nasi campur* (gemischter Reis). Beliebt sind zudem *nasi lemak* (Kokosreis) und *pisang goreng* (gebratene bzw. frittierte Bananen). Mittags werden eher leicht verdauliche Speisen gegessen wie *nasi goreng* (gebratener Reis mit Fleischstückchen, etwas Gemüse und vielleicht einem verquirlten Ei), ein *bami goreng* (das Gleiche, nur mit Nudeln statt Reis) oder eine Suppe wie die leicht säuerliche *gedang*

Parasailing, paarweise: vor der Landzunge Tanjung Benoa im Süden Balis.

Info

Daten & Fakten

Geografie: Bali ist eine zu Indonesien gehörende, 5780 km² große, zwischen Java im Westen und Lombok im Osten gelegene Insel im Indischen Ozean. Hauptstadt und größte Metropole ist Denpasar mit mehr als 897 000 Einwohnern, höchste Erhebung der Gunung Agung mit 3142 m.
Bevölkerung: 89 % der rund 4,2 Mio. Einwohner sind Balinesen, der Rest verteilt sich auf javanesische und chinesische Gemeinden. Mehr als 90 % der Bevölkerung bekennen sich zum Hinduismus, 5,6 % zum Islam, 1,4 % zum Christentum, 0,6 % zum Buddhismus.
Politik: Mit seinen direkten Nachbarinseln bildet Bali eine der 34 Provinzen der Indonesischen Republik. Alle diese Provinzen werden von einem Gouverneur verwaltet, der dem indonesischen Staatspräsidenten unterstellt ist. Der derzeit amtierende 10. Gouverneur von Bali, Wayan Koster, hat seinen Sitz in der Hauptstadt Denpasar.
Wirtschaft: Die meisten Balinesen arbeiten in der Landwirtschaft (60 %). Ein Viertel arbeitet im Tourismus, der inzwischen der wichtigste Devisenbringer auf der Insel ist.

mehuah (mit grüner Papaya). Eine – typischerweise abends verzehrte – Hauptmahlzeit besteht ebenfalls aus Reis, zu dem *bakso* (eine kräftige, klare Suppe mit Fleischbällchen) oder *soto sayur* (Gemüsesuppe) serviert wird. Mit auf den Tisch kommen gekochte, gegarte und gebratene Gerichte mit Rindfleisch, Huhn oder Schwein, gern auch als *sate* (Fleischspießchen), und vielleicht noch ein *gado gado* (ein warmer Salat aus gedünstetem Gemüse mit einer sämigen Erdnusssauce). Nur das Dessert (vorzugsweise Früchte) wird erst nach dem eigentlichen Essen serviert.
Getränke: Zum Essen reicht man gern Tee, Limonaden (meist pappsüß) und Mineralwasser (fast immer ohne Kohlensäure), manchmal auch eine frisch geöffnete Kokosnuss, *kelapa muda*. Das balinesische Bier ist gut, wird aber in der Regel nur in Restaurants ausgeschenkt und kostet unter Umständen fast so viel wie eine Mahlzeit. Beim Wein sollte man die angebotenen australischen Tropfen den einheimischen vorziehen, auch wenn sie hier deutlich teurer als in Deutschland sind.

Hotels

Preiskategorien

€€€€	Doppelzimmer	über 250 €
€€€	Doppelzimmer	150–250 €
€€	Doppelzimmer	80–150 €
€	Doppelzimmer	bis 80 €

Empfohlene Adressen siehe Infoseiten der vorangegangenen Kapitel.

Feiertage

1. Jan.: Neujahr
März/April: Karfreitag, Ostersonntag
21. April: Kartini-Tag
Mai: Christi Himmelfahrt
17. Aug.: Unabhängigkeitstag
1. Okt.: Pancasila Tag (Tag der fünf Grundpfeiler des Staates; halboffiziell)
5. Okt.: Tag der Streitkräfte
25. Dez.: Erster Weihnachtstag
Neben diesen in ganz Indonesien gültigen gesetzlichen Feiertagen gibt es auf Bali noch bewegliche Feiertage. Deren genaue Termine richten sich nach dem jeweiligen Kalendersystem, von denen es auf der Insel gleich mehrere gibt. Am besten informiert man sich vor Ort beispielsweise an der Hotelrezeption.

Geld

Währung: Die indonesische Landeswährung heißt Rupiah (Rp).Es gibt Münzen zu 1 (sehr selten), 25 (sehr selten), 50 (sehr selten), 100, 200, 500 und 1000 Rp sowie Banknoten zu 1000, 2000, 5000, 10 000, 20 000, 50 000 und 100 000 Rp. Der Wechselkurs lag zuletzt bei 1 € = ca. 16 000 Rp; aktuelle Kurse kann man u.a. über www.oanda.com abrufen.
Geldumtausch: Die Kurse sind in Indonesien wesentlich besser als hierzulande. Banken gibt es in jedem größeren Ort. Aber auch in den Wechselstuben der Touristenzentren kann man Geld – oft zu besseren Kursen – tauschen.
Bargeld: Geldautomaten (ATM) finden sich in Touristenzentren, Städten und mittlerweile auch in den meisten kleineren Ortschaften. Sie akzeptieren alle gängigen Kredit- und Bankkarten (Maestro). Für den Notfall und besonders für Landpartien ist es sinnvoll, einen Teil der Reisekasse in Form von Bargeld mitzuführen.
Kreditkarten: Kreditkarten der gängigen Anbieter werden nur in den Touristenzentren akzeptiert; für Online-Buchungen von Tickets und Dienstleistungen ist eine Kreditkarte erforderlich.
Sperrnummern: Unter der Telefonnummer 0049 116 116 kann man in Deutschland Bank- und Kreditkarten, Online-Banking-Zugänge, Handykarten und die elektronische Identitätsfunktion des neuen Personalausweises bei Verlust sperren lassen. Für Österreich gilt die Telefonnummer 0043 1 204 8800. Die Schweiz hat keine einheitliche Notfallnummer. Die wichtigsten sind: 0041 44 659 69 00 (Swisscard); 0041 44 828 31 35 (UBS Card Center); 0041 589 58 83 83 (VISECA); 0041 44 8 28 32 81 (PostFinance).

Gesundheit

Krankenversicherung: Der Abschluss einer speziellen Auslandskrankenversicherung, die ggf. auch den Rücktransport in die Heimat übernimmt, wird dringend angeraten.
Medizinische Versorgung: Nur in den Ferienzentren von Bali ist die ärztliche Versorgung zumindest ansatzweise auf einem europäischen Niveau. Nur dort auch findet man englischsprachige Ärzte, die von Hotels und/oder Reiseveranstaltern vermittelt werden können. Balis Krankenhäuser werden europäischen Ansprüchen nicht im Geringsten gerecht – im Ernstfall sollte man sich daher möglichst nach Singapur oder nach Hause ausfliegen lassen.
Medikamente: Die Apotheken (*apotik* oder *toko bat*) sind in der Regel gut ausgestattet, viele Medikamente rezeptfrei erhältlich und günstiger als in Europa. Wer aber auf ein bestimmtes Medikament angewiesen ist, sollte es möglichst von zu Hause mitbringen.
Impfungschutz: Bei der Einreise aus Europa werden keine Impfungen vorgeschrieben, das Auswärtige Amt empfiehlt aber, grundsätzlich anlässlich jeder Reise die Standardimpfungen gemäß aktuellem Impfkalender des Robert-Koch-Instituts für Kinder und Erwachsene (www.rki.de/DE/Home/homepage_node.html) zu überprüfen und zu vervollständigen. Dazu gehören für Erwachsene die Impfungen gegen Tetanus, Diphtherie, Pertussis (Keuchhusten), ggf. auch gegen Polio (Kinderlähmung), Mumps, Masern, Röteln (MMR), Influenza, Pneumokokken und Herpes Zoster (Gürtelrose). Als Reiseimpfung wird die Impfung gegen Hepatitis A,

Links das balinesische Nationalgericht Nasi Compur, unten ein Früchteteller – kredenzt in Heinz von Holzens Bumbu Bali in Tanjung Benoa.

Oben: Im Matahari Beach Resort & Spa in Pemuteran wird der Gast nicht nur mit einem Lächeln verwöhnt.

bei Langzeitaufenthalten oder einer besonderen Exposition auch gegen Hepatitis B, Tollwut, Typhus und Japanische Encephalitis empfohlen. Das Malaria-Risiko wird für Bali und Lombok als gering eingeschätzt, eine Prophylaxe ist in aller Regel nicht erforderlich. Um sich grundsätzlich vor mückengebundenen Infektionsrisiken zu schützen, sollte man körperbedeckende helle Kleidung tragen (lange Hosen, lange Hemden), tagsüber und in den frühen Abendstunden sowie nachts auf alle freien Körperstellen wiederholt Insektenschutzmittel auftragen, ggf. unter einem imprägnierten Moskitonetz schlafen. Der Aufenthalt in vor Mücken geschützten Räumen (Fliegengitter, Klimaanlagen) vermindern das Risiko einer Übertragung deutlich.

Trinkwasser: Auf Bali sollte man tunlichst kein Leitungswasser trinken! Stilles Wasser in versiegelten Flaschen gibt es überall für ein paar Cents. Eiswürfel sind in touristischen Gegenden meist unbedenklich. Obst sollte man gründlich waschen oder schälen.

Geschichte

Vorgeschichte: Die ältesten Zeugnisse frühmenschlichen Lebens in Indonesien werden auf der Insel Java gefunden. Dabei handelt es sich um etwa 500 000 Jahre alte Relikte des dem Homo Erectus zugeordneten Java-Menschen.

Um 2500 v.Chr.: Aus dem Norden wandern die ersten altmalaiischen Völker ein.

Ab dem 1. Jh. n.Chr.: Indische Händler bereisen den gesamten Archipel, legen Handelsplätze an und verbreiten in der Folgezeit Hinduismus, Shiva-Kult und buddhistisches Gedankengut. Eine weitere Folge ist die Entstehung einer Aristokratie und eines Kastenwesens.

10. Jh.: Durch die Hochzeit des balinesischen Fürsten Udayana mit der javanischen Prinzessin Mahendradatta verbinden sich die beiden bis dahin politisch getrennt entwickelnden Inseln, Bali öffnet sich den hinduistischen Einflüssen der Nachbarinsel.

1257: Der Ausbruch des neben dem Gunung Rinjani gelegenen Vulkans Samalas auf der Insel Lombok hat katastrophale Auswirkungen auf das Weltklima.

13.–16. Jh.: In der Vermischung indisch-hinduistischer und javanischer Elemente entwickelt sich auf Bali eine eigenständige Kultur. Arabische und indische Kaufleute vermitteln erste Kontakte zum Islam, der im 15. Jh. die Nordküste Javas erreicht und sich in den folgenden Jahren auf der ganzen Insel verbreitet. Mit dem Vordringen des Islam flieht die javanische Elite nach Bali, das zur letzten Zufluchtsstätte des Hinduismus wird. Im 16. Jh. erkunden zudem die ersten Europäer – Portugiesen sowie vor ihnen möglicherweise schon der englische Freibeuter und Entdecker Sir Francis Drake – auf der Suche nach Gewürzen den Archipel. Mit dem Kapitän Cornelius de Houtmann taucht 1597 zum ersten Mal auch ein holländisches Expeditionsschiff vor der Küste von Bali auf.

1815: Ein weiterer verheerender Vulkanausbruch – diesmal des Tambora auf der östlich von Lombok gelegenen Insel Sumbawa – erschüttert die Region.

Mitte des 19. Jh.s: Von Norden her kommend beginnt die holländische Kolonialmacht die Insel zu erobern.

1894: Auf Lombok unterstützen die Holländer einen Aufstand der einheimischen Sasak gegen die dort ansässigen Balinesen; der balinesische Kronprinz stirbt, der alte Raja wird ins Exil nach Batavia (Jakarta) geschickt.

1906–1913: Die Holländer erobern weitere Teile Balis – nur der Herrscher von Bandung (das heutige Denpasar) will sich nicht der Fremdherrschaft unterwerfen und entschließt sich 1906 mit seinem Hofstaat zum Puputan, einer rituellen Selbstvernichtungsschlacht. 1908 wiederholt sich ein solcher Puputan in Klungkung. Erst im Jahr 1913 ist ganz Bali in der Hand der holländischen Kolonialmacht.

1942: Im Zweiten Weltkrieg verdrängen japanische Invasoren die Holländer auf Bali.

1945–1949: Nach der japanischen Kapitulation erklärt Indonesien am 17. August 1945 seine Unabhängigkeit. Die Holländer erkennen diese Autonomie nicht an, es kommt zum Indonesischen Unabhängigkeitskrieg. Erst 1949 verzichten die Holländer nach einer Intervention der Vereinten Nationen auf ihre Gebietsansprüche und erkennen die Republik Indonesien an.

1950: Auflösung der balinesischen Fürstentümer, Etablierung von Regierungsbezirken mit Ahmed Sukarno als erstem (seit 1945 amtierenden) Präsidenten der Republik.

1963: Bei einem verheerenden Ausbruch des Gunung Agung bleibt der balinesische Muttertempel Besakih wie durch ein Wunder weitgehend von der Katastrophe verschont.

1965–1967: Im Herbst 1965 kommt es zu einem Militärputsch unter General Hadji Mohamed Suharto und zu blutigen „Säuberungen" unter den Kommunisten, denen allein auf Bali Zehntausende Menschen zum Opfer fallen. Schon bald nach seiner Machtübernahme ruft General Suharto seine diktatorische „Neue Ordnung" aus.

Ab 1970: Immer mehr westliche Touristen entdecken Bali als Urlaubsreiseziel.

Ab 1980: Auch die feinen Sandstrände des dünn besiedelten Lombok ziehen zunehmend Touristen an.

Ab 1998: Landesweite Unruhen und gewaltsame Proteste gegen den seit drei Jahrzehnten regierenden Suharto-Clan führen am 21. Mai zum Rücktritt des Präsidenten und zur ersten demokratischen (seit 2004 direkt vom Volk ausgehenden) Präsidentschaftswahl der Republik. Danach folgen friedlichere Zeiten, auch wenn Bali – die hinduistische Enklave im bevölkerungsreichsten muslimischen Land der Erde – 2002 und 2005 von Bombenanschlägen islamistischer Terroristen erschüttert wird.

2018/2019: Vulkanausbrüche auf Bali und Erdbeben auf Lombok kosten Hunderte von Menschenleben und verursachen Millionenschäden. Bei der Präsidentschaftswahl im April 2019 erhält der seit 2014 amtierende Joko Widodo rund 55 Prozent der abgegebenen Stimmen und kann weitere fünf Jahre lang regieren.

Öffnungszeiten

Für Behörden und Banken sind Kernöffnungszeiten zwischen 9.00 und 12.00 sowie zwischen 14.00 und 16.00 Uhr üblich. Fr. ist häufig, am Wochenende immer geschlossen. Geschäfte öffnen ihre Ladentüren individuell, meist von 9.00 bis 18.00 Uhr. Viele haben aber auch bis spät abends geöffnet sowie in den Touristenzentren auch am Wochenende. In Restaurants nimmt man die letzte Bestellung häufig schon um 21.00 Uhr an. Tempel haben meist von Sonnenauf- bis zum Sonnenuntergang geöffnet.

Restaurants

Preiskategorien

€€€€	Hauptspeisen	über 20	€
€€€	Hauptspeisen	10–20	€
€€	Hauptspeisen	5–10	€
€	Hauptspeisen	bis 5	€

Empfehlungen und Adressen siehe Infoseiten der vorangegangenen Kapitel.

Sicherheit

Gewalttaten gegen Touristen sind selten. Beachten Sie jedoch die üblichen Verhaltensregeln: Niemals Wertsachen unbeaufsichtigt lassen; im Hotel sollten diese bei Abwesenheit im Safe deponiert werden. Fenster und Türen nachts geschlossen halten. Nehmen Sie nur so viel Bargeld mit, wie Sie tagsüber benötigen. In Discos etc. nie das eigene Getränk aus den Augen verlieren! In Kuta und Umgebung sollten Sie nachts nicht allein in ein Taxi steigen und dunkle Gassen meiden. Im Notfall wenden Sie sich an die Touristenpolizei in Kuta (Tel. 0361 22 41 11). Beim Schwimmen im Meer ist vor allem an der Südküste, speziell rund um Kuta, wegen der teilweise extremen Strömungen äußerste Vorsicht geboten! Außerdem sollten sich nur sehr erfahrene Motorradfahrer mit einem motorisierten Zweirad in den balinesischen Straßenverkehr wagen. Unkonventionelle Fahrstile und schmale Straßen können dem Touristen schnell zum Verhängnis werden.

Souvenirs

Fast alles, was auf Bali an Kunsthandwerk hergestellt wird, wandert auch in die Souvenirshops der Insel: die Erzeugnisse der Silberschmiede in Celuk, der Steinmetze in Batubulan, der Holzschnitzer in Mas, der Maler in Ubud und Batuan, der Korbflechter und Schirmemacher in Sukawati oder der Weberinnen in Tenganan. Zudem gibt es ein reiches Angebot an Designerklamotten. Für wenig Geld kann man sich sogar Maßgeschneidertes aus Seide oder Baumwolle anfertigen lassen.

Sport

Die Auswahl vor allem für Wassersportfans ist groß: An vielen Stränden findet man Equipments und Kurse für Body-, Wind- und Kitesurfen, Segeln, Kanu, Kajak, Sup, Schnorcheln und Tauchen. Auf dem Ayung-Fluss kann man auch raften. An Land gibt es viele Vermieter für Fahrräder und Mountainbikes. Man kann wandern und trekken gehen, Tennis und Golf spielen.

Sprache

Bahasa Indonesia (Indonesisch). Englisch wird in den Touristenzentren, aber selten auf dem Land gesprochen. Die Balinesen untereinander sprechen balinesisch.

Telefon & Internet

Die Telefonvorwahl von Indonesien ist 0062. Nach Deutschland geht es mit der 0049, nach Österreich mit der 0043 und in die Schweiz mit der 0041. Das Handy funktioniert fast überall auf Bali. Um hohe Kosten zu sparen, sollte man stets mit Wlan und Messengerdiensten kostenfrei telefonieren. Auch auf Bali bietet inzwischen fast jedes Hotel meist ohne Zusatzkosten WLAN an. Oder man kauft sich eine günstige indonesische Sim-Karte.

Trinkgelder

In der Regel wird auf Bali kein Trinkgeld erwartet. In gehobenen Hotels und Restaurants wird es automatisch auf die Rechnung aufgeschlagen.

Verkehrsmittel

Bus: Für die Einheimischen ist der Bus das preisgünstigste Verkehrsmittel, um von A nach B zu kommen. Allerdings gibt es keine Fahrpläne: An den Busbahnhöfen in den Städten wartet der Fahrer üblicherweise so lange, bis genügend Passagiere zusammen sind und sich die Fahrt für ihn rentiert.
Bemo: Bemos, oft auch als „Colts" bezeichnet, sind Minibusse oder umgebaute Lieferwagen, bei denen auf der Ladefläche Sitzbänke angebracht wurden. Sie verkehren auf festen Routen zwischen den Ortschaften, bieten oft nur Platz für höchstens ein Dutzend Fahrgäste, haben aber nicht selten viel mehr Personen an Bord. In der Regel fährt ein Schaffner mit, der das Ziel ausruft und den Fahrpreis kassiert. Wer aussteigen will, klopft aufs Fahrzeugdach und ruft laut *kiri!*.
Taxi: In den Touristenzentren von Südbali sowie in Denpasar gibt es genügend Taxis. Offiziell müssen diese mit einem Taxameter ausgestattet sein, viele Fahrer weigern sich jedoch, ihn einzuschalten. Dann sucht man sich besser ein anderes Taxi. Der beste und sicherste Anbieter mit den gepflegtesten Autos und meist englischsprechenden Fahrern ist Blue Bird Taxi, erkennbar an der hellblauen Farbe und dem blauen Vogel auf dem Dach.
Mietfahrzeug: Sowohl für das Führen eines Pkw als auch eines Mopeds ist ein internationaler Führerschein vorgeschrieben. Die Preise verstehen sich in der Regel inklusive Freikilometer ohne Begrenzung und Vollkasko-Versicherung („All risks insurance", Police zeigen lassen!). Bei der Übernahme des Fahrzeugs sollte man dessen Verkehrssicherheit (Bremsen, Reifenzustand, Licht) checken und es auf

Badeoase mit Blick aufs Meer: im luxuriösen W Bali-Resort in Seminyak.

Info

Wetterdaten

	TAGES-TEMP. MAX.	TAGES-TEMP. MIN.	WASSER-TEMP.	TAGE MIT NIEDER-SCHLAG	SONNEN-STUNDEN PRO TAG
Januar	31°	24°	28°	16	5
Februar	31°	24°	28°	14	5
März	31°	23°	28°	14	5
April	32°	23°	28°	8	6
Mai	31°	23°	28°	5	7
Juni	31°	22°	28°	5	7
Juli	31°	21°	27°	3	7
August	31°	22°	27°	2	8
September	31°	23°	28°	2	7
Oktober	32°	23°	28°	5	7
November	31°	24°	28°	7	6
Dezember	31°	24°	29°	13	6

etwaige Vorschäden prüfen sowie darauf achten, einen Mietvertrag und die Fahrzeugpapiere ausgehändigt zu bekommen. Bedenken sollte man, dass es auf Balis Straßen zugeht wie im Wilden Westen. Regel 1: Auf der Straße gilt das Recht des Stärkeren. Regel 2: Es herrscht Linksverkehr. Regel 3: Immer nach vorn schauen; wer hinten ist, muss aufpassen. Regel 4: Die Hupe ist so wichtig wie die Bremse und wird stets betätigt – auf jeden Fall beim Überholen. Regel 5: Am besten passt man sich an und fügt sich in den Verkehrsfluss ein. Auf dem Land geht es deutlich ruhiger zu, dafür lauern andere Hindernisse – Tiere auf der Straße, ein Ochsenfuhrwerk, das unerwartet einbiegt. Nachtfahrten sind besonders auf dem Land nicht empfehlenswert. Tankstellen gibt es meist nur an den Hauptstraßen. Abseits davon wird der Treibstoff aus Fässern in den Tank gepumpt oder aus Plastikflaschen eingefüllt und kostet etwa 50 % mehr als an den regulären Tankstellen. Bei einem technischen Problem ist der Autovermieter zu kontaktieren. Das Gleiche gilt für einen Unfall (stets die Polizei hinzuziehen)!

Wetter

Unabdingbar sind Sonnenhut sowie Sonnenschutzkleidung bzw. Sonnenschutzmittel mit hohem Lichtschutzfaktor. Die ersten Tage sollte man körperliche Anstrengungen meiden und sich an das tropische Klima gewöhnen.

Zeit

Auf Bali und Lombok gilt die Zentralindonesische Zeit (CIT) = MEZ + 7 Stunden bzw. während unserer Sommerzeit + 6 Stunden.

Zollbestimmungen

Bei der Einreise nach Indonesien können persönliche Gebrauchsgüter, Geschenke im Wert von bis zu 250 US-$ sowie 200 Zigaretten oder 50 Zigarren oder 100 g Tabak nebst 1 l Spirituosen zollfrei eingeführt werden. Bei der Einfuhr betäubungsmittelhaltiger Medikamente und Psychopharmaka darauf achten, dass diese durch eine entsprechende Verschreibung mit Übersetzung nur (und auch in der Menge entsprechend der Verschreibung eindeutig) für den eigenen Bedarf sind. Bei der Ausfuhr beachten: Erwachsene dürfen zollfreie Waren im Wert von max. 430 € nach Deutschland und Österreich (bzw. 300 Franken in die Schweiz) einführen. Auf keinen Fall Pflanzen oder Tiere mit nach Hause nehmen – auch keine Souvenirs, für die Teile gefährdeter Pflanzen oder Tiere (Korallen, Schildplatt etc.) verwendet werden!

Am Pura Melanting in Buleleng: Für die meisten Balinesen ist der Hinduismus Rückhalt und Stütze in einer sich wandelnden Welt.

Register

Fette Ziffern verweisen auf Abbildungen

Impressum

1. Auflage 2020

Verlag: DuMont Reiseverlag, Postfach 3151, 73751 Ostfildern, Tel. 0711/4502-0, Fax 0711/4502-135, www.dumontreise.de
Geschäftsführer: Dr. Thomas Brinkmann, Dr. Stephanie Mair-Huydts
Programmleitung: Birgit Borowski
Redaktion: Robert Fischer (www.vrb-muenchen.de)
Text: Jochen Müssig
Exklusiv-Fotografie: Martin Sasse
Titelbild: Neil Emmerson/Robert Harding/laif
Zusätzliches Bildmaterial: S. 56 u. 57 picture alliance/CPA Media, 78 (Tipp) mauritius images/Christian Zappel, 99 o. Konstantin Trubavin/Aurora/laif, 99 u. GARDEL Bertrand /hemis/laif, 101 (Special) Nicolas Cegalerba/hemis.fr/laif, 103 u. mauritius images/Alamy/Peter Schickert
Vektorgrafiken: S. 5 u. 43, 22, 63, 74, 79, 95, 114 iStockphoto
Grafische Konzeption, Art Direktion: fpm factor product münchen
Layout: Stephanie Isensee
Cover Gestaltung: Neue Gestaltung, Berlin
Kartografie: © MAIRDUMONT GmbH & Co. KG, Ostfildern
Kartografie Lawall (Karten für „Unsere Favoriten")
DuMont Bildarchiv: Marco-Polo-Straße 1, 73760 Ostfildern, Tel. 0711/4502-266, Fax 0711/4502-1006, bildarchiv@mairdumont.com

Anzeigenvermarktung: MAIRDUMONT MEDIA, Tel. 0711/4502-333, Fax 0711/4502-1012, media@mairdumont.com, http://media.mairdumont.com
Vertrieb Zeitschriftenhandel: PARTNER Medienservices GmbH, Postfach 810420, 70521 Stuttgart, Tel. 0711/7252-212, Fax 0711/7252-320
Vertrieb Abonnement: Leserservice DuMont Bildatlas, Zenit Pressevertrieb GmbH, Postfach 810640, 70523 Stuttgart, Tel. 0711/7252-265, Fax 0711/7252-333, dumontreise@zenit-presse.de
Vertrieb Buchhandel und Einzelhefte: MAIRDUMONT GmbH & Co KG, Marco-Polo-Straße 1, 73760 Ostfildern, Tel. 0711/4502-0, Fax 0711/4502-340
Reproduktionen: PPP Pre Print Partner GmbH & Co. KG, Köln
Druck und buchbinderische Verarbeitung: NEEF + STUMME GmbH, Wittingen
Printed in Germany

FSC
www.fsc.org
MIX
Papier aus verantwortungsvollen Quellen
FSC® C001857

Vorschau

Ein Sommertag am Inn mit Blick auf Passaus Wallfahrtskirche Maria Hilf.

Teneriffas spektakuläre Landschaften begreift man erst vom Teide aus so richtig.

Teneriffa

Die westlichen Kanaren
Dieser Band behandelt nicht nur die große Insel Teneriffa, wir stellen auch die kleinen westlichen Kanareninseln La Palma, La Gomera und El Hierro ausführlich vor.

Musik- und Maskentaumel
Karneval in Santa Cruz – alle Infos und viele Bilder zum zweitgrößten Karneval der Welt.

Schlemmen und Staunen
Unser Autor hat für Sie getestet: die besten Restaurants, die ein gutes Essen samt tollem Ausblick bieten.

Bayerischer Wald

Urwüchsige Natur
Im Nationalpark Bayerischer Wald bleibt die Natur komplett sich selbst überlassen. Eine Wanderung durch die Kernzone lässt staunen.

Stadtschönheiten
Wir präsentieren in diesem DuMont Bildatlas gleich zwei „Boomtowns“: Regensburg ist beinahe unversehrt seit dem Mittelalter erhalten, und Passau fasziniert nicht zuletzt dank seiner Lage am Zusammenfluss dreier Flüsse.

Wellness im Wald
Die Auswahl an Wellnesshotels im Bayerischen Wald ist groß – die besten Adressen auf einen Blick.

www.dumontreise.de

Lieferbare Ausgaben

Deutschland
207 Allgäu
216 Altmühltal
220 Bayerischer Wald
180 Berlin
162 Bodensee
217 Brandenburg
175 Chiemgau, Berchtesgadener Land
013 Dresden, Sächsische Schweiz
152 Eifel, Aachen
157 Elbe und Weser, Bremen
168 Franken
020 Frankfurt, Rhein-Main
112 Freiburg, Basel, Colmar
028 Hamburg
026 Hannover zwischen Harz und Heide
042 Harz
023 Leipzig, Halle, Magdeburg
210 Lüneburger Heide, Wendland
188 Mecklenburgische Seen
038 Mecklenburg-Vorpommern
033 Mosel
190 München
047 Münsterland
015 Nordseeküste Schleswig-Holstein
006 Oberbayern
161 Odenwald, Heidelberg
035 Osnabrücker Land, Emsland
002 Ostfriesland, Oldenburger Land
164 Ostseeküste Mecklenburg-Vorpommern
154 Ostseeküste Schleswig-Holstein
201 Pfalz
040 Rhein zw. Köln und Mainz
185 Rhön
186 Rügen, Usedom, Hiddensee
206 Ruhrgebiet
149 Saarland
182 Sachsen
081 Sachsen-Anhalt
159 Schwarzwald Norden
045 Schwarzwald Süden
018 Spreewald, Lausitz
008 Stuttgart, Schwäbische Alb
141 Sylt, Amrum, Föhr
204 Teutoburger Wald
170 Thüringen
037 Weserbergland
173 Wiesbaden, Rheingau

Benelux
156 Amsterdam
011 Flandern, Brüssel
179 Niederlande

Frankreich
177 Bretagne
021 Côte d'Azur
032 Elsass
009 Frankreich Süden Okzitanien
019 Korsika
213 Normandie
001 Paris
198 Provence

Großbritannien/Irland
187 Irland
202 London
189 Schottland
030 Südengland

Italien/Malta/Kroatien
181 Apulien, Kalabrien
211 Gardasee
110 Golf von Neapel, Kampanien
163 Istrien, Kvarner Bucht
215 Italien, Norden
005 Kroatische Adriaküste
167 Malta
155 Oberitalienische Seen
158 Piemont, Turin
014 Rom
165 Sardinien
003 Sizilien
203 Südtirol
039 Toskana
091 Venedig, Venetien

Griechenland/Zypern/Türkei
034 Istanbul
016 Kreta
176 Türkische Südküste, Antalya
148 Zypern

Mittel- und Osteuropa
104 Baltikum
208 Danzig, Ostsee, Masuren
169 Krakau, Breslau, Polen Süden
044 Prag
193 St. Petersburg

Österreich/Schweiz
192 Kärnten
004 Salzburger Land
196 Schweiz
144 Tirol
197 Wien

Spanien/Portugal
043 Algarve
214 Andalusien
150 Barcelona
025 Gran Canaria, Fuerteventura, Lanzarote
172 Kanarische Inseln
199 Lissabon
209 Madeira
174 Mallorca
007 Spanien Norden, Jakobsweg
219 Teneriffa, La Palma, La Gomera, El Hierro

Skandinavien/Nordeuropa
166 Dänemark
212 Finnland
153 Hurtigruten
029 Island
200 Norwegen Norden
178 Norwegen Süden
151 Schweden Süden, Stockholm

Länderübergreifende Bände
112 Freiburg, Basel, Colmar

Außereuropäische Ziele
183 Australien Osten, Sydney
109 Australien Süden, Westen
218 Bali, Lombok
195 Costa Rica
024 Dubai, Abu Dhabi, VAE
160 Florida
036 Indien
205 Iran
027 Israel, Palästina
111 Kalifornien
031 Kanada Osten
191 Kanada Westen
171 Kuba
022 Namibia
194 Neuseeland
041 New York
184 Sri Lanka
048 Südafrika
012 Thailand
046 Vietnam